Angela Waidmann

Unter Pferden
Ein Roman aus der Sicht der Pferde

Angela Waidmann

Unter Pferden

Ein Roman aus der Sicht der Pferde

2. Auflage 2021

Copyright © 2019 Angela Waidmann

Chiemgauer Verlagshaus
Dahlienweg 5, 83254 Breitbrunn
www.chiemgauerverlagshaus.de

Alle Rechte vorbehalten

Coverdesign: Constanze Kramer
www.coverboutique.de

Bildnachweise: Georg Beyer (Zeichnungen)
Makarova Viktoria, 123rf.com
Pavlo Vakhrushev, adobestock.com
Eyematrix, adobestock.com

Satz: Constanze Kramer
www.coverboutique.de

Druck: Chiemgauer Verlagshaus

Printed in Germany

ISBN 978-3-94529-239-6

„Eine gefühlvolle, schöne Geschichte
mit viel Verständnis für Pferde.
So muss man erstmal schreiben können!"

„Friesenpapst" Günther Fröhlich

I
WEIT WEG VON ZU HAUSE

Wo bin ich?

Hier riecht es so entsetzlich fremd. Und all die unbekannten Geräusche …

Ich befinde mich auf einem großen Hof. Vor mir steht ein großes, hell getünchtes Haus; an seinen beiden Seiten sind Scheunen und Stallungen.

Warum hat Günther mich hierher gebracht?

Fröhlich bin ich heute Morgen auf den Hänger geklettert. Vor ein paar Tagen hat Günther mir nämlich in aller Ruhe gezeigt, wie ich hineingehen soll. Drinnen habe ich eine Krippe mit Futter gefunden, darum habe ich mich richtig gefreut, als er in den nächsten Tagen noch ein paarmal mit mir geübt hat. Heute gab es auf dem Hänger Pferde-Müsli mit Apfelschnitzen und Möhrenstückchen. Hmm!

Doch als ich angebunden war, setzte sich der Pferde-Anhänger in Bewegung. Stundenlang bin ich dann in dem schwankenden

Ding gestanden. Heiß war es auch, und bald hatte ich Durst. Zum Glück hat Günther ab und zu eine Pause gemacht und mir ganz viel zu trinken gegeben.

Die Fahrt war sehr anstrengend. Jetzt, wo ich endlich aussteigen darf, bin ich todmüde. Trotzdem schaue ich mich mit klopfendem Herzen um.

Ich sehe viele fremde Pferde, die mich von ihren Paddocks aus neugierig anschauen. Erschrocken zucke ich zusammen, als hinter mir eines von ihnen schnaubt.

„Ist doch gut, Meisje", beruhigt mich Günther und streichelt mir sanft über den Hals.

Ich bin so froh, dass er bei mir ist! Bei ihm fühle ich mich ganz sicher. Schließlich bin ich bei ihm, solange ich denken kann. Er war der erste Mensch, den ich gesehen habe, als ich zur Welt kam. Später hat er meiner Mutter und mir das Futter gegeben. Er hat mir beigebracht, wie man ein Halfter trägt, dass ich ruhig stehen bleiben muss, wenn ich angebunden werde, und dass ich auf Kommando meine Hufe geben soll. Als ich nach ein paar Monaten ohne meine Mutter in einen Laufstall mit anderen Fohlen umziehen musste, hat er mich getröstet. Und vor etwa einem Jahr habe ich von ihm gelernt, wie man einen Menschen trägt.

Wenn Günther bei mir ist, kann mir nichts passieren. Da bin ich mir ganz sicher.

Ich stoße einen tiefen Seufzer aus.

„Armes kleines Mädchen", murmelt er und krault mich hinter den Ohren.

Warum klingt er denn so traurig?, frage ich mich und lege mein Kinn auf seine Schulter.

Inzwischen hat sich eine ganze Horde Zweibeiner neben uns versammelt. Mit großen Augen schauen sie mich an, manche tuscheln auch miteinander. Dem Mädchen da vorne, dem mit dem langen braunen Zopf, steht sogar der Mund offen.

Was haben sie denn? Die tun ja glatt so, als wäre mir plötzlich ein Horn aus der Stirn gewachsen oder als hätte ich Flügel gekriegt. Dabei bin ich nur ein ganz normales Pferd. Eine Friesenstute, um genau zu sein.

Nun löst sich eine Zweibeinerin aus der Gruppe. Sie ist eher groß und recht schlank und hat lange braune Haare. Ihre dunkle Reithose und ihre rote Bluse sind ungewöhnlich sauber, und ihre ledernen Stiefel glänzen.

Moment mal, die Frau kenne ich doch von irgendwoher!

Ja, richtig. Vor ein paar Tagen war sie bei uns auf dem Hof. Lange hat sie zugesehen, wie Günther mich geritten hat. Dann hat sie sich sogar selbst auf meinen Rücken gesetzt. Aber das war überhaupt nicht schön. Sie hat nämlich so merkwürdig nach einem aufdringlich süßen Parfüm gerochen, und sie hat meine Zügel so fest gehalten, dass mir zuerst das Maul und später auch noch mein Hals und mein Rücken wehgetan haben. Außerdem hat sie pausenlos mit ihren Absätzen auf meinem Bauch herumgetrommelt. Bald war ich so entnervt, dass ich am liebsten losgebuckelt hätte, sodass sie hoffentlich aus dem Sattel geflogen und neben mir im Sand gelandet wäre. Buckeln kann ich nämlich richtig gut!

Aber weil Günther zugesehen hat, habe ich mir trotzdem viel Mühe gegeben. Und nach einiger Zeit war die Tortur ja auch vorbei.

Heute geht die Lady auffällig gerade, finde ich. Und sie hält ihr Kinn so hoch erhoben, dass ich mir sicher bin: Sie ist sehr stolz. Fragt sich nur: auf was?

Oh nein, sie kommt auf mich zu! Und sie riecht wieder so scheußlich. Ihr Gestank nimmt mir fast den Atem, obwohl sie noch nicht ganz bei mir ist. Am liebsten würde ich rückwärtsgehen, aber Günther hält mich ja am Strick fest, und ich will ihn nicht ärgern.

Wenigstens schnaube ich kräftig und schüttle den Kopf. Doch leider hilft das nicht viel, denn der üble Geruch steigt mir sofort wieder in die Nüstern. Darum beginne ich ärgerlich mit dem Vorderhuf zu scharren.

„Warum denn so nervös?", flötet die Lady und legt mir ihre müffelnden Finger auf die Nüstern.

Entsetzt schnaube ich wieder. Das wirkt, denn sie nimmt tatsächlich ihre Hand von meiner Nase! Allerdings ist ihre Bluse jetzt voll mit schwarzen Spritzern. Aber was soll's? Reiter sind doch eigentlich immer schmutzig.

Erleichtert atme ich ganz tief durch. Die besprenkelte Lady dagegen runzelt kurz die Stirn. Dann aber setzt sie ein künstliches Lächeln auf.

Ja, was macht sie denn jetzt? Sie nimmt Günther tatsächlich meinen Führstrick weg. Und er lässt sie einfach machen. Ich glaub's ja wohl nicht!

Nun geht sie los. Ich überlege kurz, ob ich einfach stehen bleiben soll, aber dann setzt sich auch Günther in Bewegung.

Na gut, da komm ich halt mit.

Komisch nur, dass die vielen anderen Leute hinter uns herlaufen. Es ist fast wie in einer Pferdeherde: Die Leitstute (diesmal also ich, begleitet von Günther und der müffelnden Lady, die neben mir herschreitet, als hätte man sie gerade zur Königin gekrönt) geht voran, und alle anderen folgen. Allerdings tuscheln

Pferde nicht dauernd miteinander, und sie gucken auch nicht so komisch. Aber Menschen sind halt merkwürdige Tiere.

Jetzt sind wir fast bei einigen Boxen mit großen Paddocks angekommen. Eine davon macht Günther auf, und die Lady marschiert hinein.

Will sie etwa, dass ich hinter ihr hergehe? Für wie naiv hält die mich eigentlich? Ich traue ihr doch sowieso nicht über den Weg. Und wer weiß, vielleicht lauert in der Box am Ende dieses Paddocks ein riesiger Wolf, der mich fressen will …

Nein, ich bleibe erst mal stehen.

„Ist schon in Ordnung, Meisje", beruhigt mich Günther. „Schau mal, was das für ein schöner Stall ist und wie viel Platz er hat!" Gleichzeitig macht er eine sprechende Bewegung mit der rechten Hand.

Er wirkt wirklich sehr zuversichtlich. Also wartet da drin bestimmt kein hungriges Raubtier. Und wenn er es denn unbedingt will …

Vorsichtig setze ich mich wieder in Bewegung. Nach ein paar Schritten stehe ich mitten im Paddock, und mir ist tatsächlich nichts passiert.

Die Lady löst meinen Strick, klopft mir flüchtig den Hals und geht hinaus.

Hinter ihr schließt Günther die Tür des Paddocks. „Siehst du, hier wirst du es gut haben. Da bin ich mir sicher", sagt er. Doch in seiner Stimme ist immer noch dieser unerklärlich traurige Ausdruck …

Na gut. Vorübergehend ist es hier bestimmt gar nicht so schlecht. Alleine muss ich wohl auch nicht bleiben, denn in den beiden Ställen rechts und links hängen gut gefüllten Heunetze, genau wie bei mir. Trotzdem will ich wieder nach Hause, zu meinen Pferde-Freunden und in meinen eigenen Stall! Darum gehe ich zu Günther und stupse ihn durch den Zaun mit meinen Nüstern an.

Liebevoll sieht er mich an. Er schiebt meinen langen schwarzen Stirnschopf zur Seite, streichelt mir zärtlich über die Stirn und sagt leise: „Mach's gut, mein Mädchen!"

Dann dreht er sich um und geht mit schnellen Schritten davon.

Ja, was macht er denn? Entsetzt wiehere ich: „Bleib hiiiiiiier!"

Na also, er bleibt stehen. Doch er sieht nur einmal kurz über die Schulter und geht weiter, zu seinem Auto ... und steigt tatsächlich ein!

„Lass mich nicht alleiiiiin!", rufe ich. Da springt brummend der Motor an, und der schwere Geländewagen setzt sich in Bewegung, mit dem leeren Pferdeanhänger im Schlepptau.

„Nein! Neiiiiiin!!!", schreie ich in Panik, doch das Auto rumpelt gnadenlos vom Hof.

Verzweifelt steige ich auf meine Hinterbeine – und aus der um meinen Paddock versammelten Menschentraube ertönt ein kollektives „Oooh!"

Sind die denn völlig verrückt geworden? Können die nicht mal was Vernünftiges machen, zum Beispiel die Tür dieses blöden Paddocks öffnen, damit ich hinter Günther hergaloppieren kann?

Doch genau das tun sie nicht. Und so tobe ich verzweifelt in dem fremden Stall herum, bis ich klatschnass geschwitzt und völlig außer Atem bin. Schnaufend stehe ich da und kann immer noch nicht fassen, was gerade passiert ist: Günther hat mich alleingelassen!

Mit der Zeit verkrümeln sich die Menschen. Als eine der letzten verschwindet auch die müffelnde Lady, und ich kann endlich in Ruhe nachdenken.

Es dauert einige Zeit, bis ich meine Gedanken geordnet habe. Dann wird mir klar: Nein. Günther hat mich noch nie im Stich gelassen. Darum wird er das auch jetzt nicht tun. Er kommt wieder, und er wird mich nach Hause zurückbringen. Ganz bestimmt.

Meine Laune bessert sich wieder ein bisschen, und ich werde neugierig. Witternd und horchend sehe ich mich im Stall um.

Dieser Paddock ist wirklich groß. Und das Heu duftet herrlich nach Kräutern. Ich knabbere ein paar Halme, dann gehe ich in die Box.

Die ist auch nicht schlecht – nicht übermäßig geräumig, aber sauber und dick mit Stroh ausgestreut. Außerdem hat sie eine Futterkrippe und eine Selbsttränke, die prima funktioniert. Jetzt erst merke ich, wie durstig ich bin.

Als ich genug getrunken habe, gehe ich wieder hinaus auf den Paddock.

Inzwischen senkt sich schon die Sonne. Bestimmt kommt Günther bald zurück. Ich stelle mich an den Zaun, beobachte die Menschen und die Pferde, die über den Hof spazieren, und schaue immer wieder sehnsuchtsvoll zum Hoftor.

Endlich kommt jemand! Doch leider höre ich nicht das Brummen eines schweren Geländewagens und auch nicht das Rumpeln eines Pferde-Anhängers, sondern Hufgeklapper und menschliche Schritte.

Dann betritt ein Pferd den Hof. Es ist recht klein, eine Haflingerstute, wie ich vermute. Sie ist nämlich fuchsfarben und hat eine lange, weiße Mähne.

Als sie näher kommt, wird mir klar, dass sie nicht mehr ganz jung sein kann. Sie ist nämlich ein bisschen mager und ihr Rücken ein wenig eingefallen. Trotzdem sieht sie mich mit glänzenden Augen an.

„Hallo", brummelt sie zur Begrüßung, während die nicht mehr ganz junge Frau, die sie führt, die Tür meines Nachbarstalls aufmacht und sie hineinlässt.

Wenigstens bekomme ich Gesellschaft, denke ich erfreut und gehe mit gespitzten Ohren zu dem Metallgatter, das unsere Paddocks trennt.

Sobald die Frau den Strick losgemacht hat, kommt die Stute zu mir herüber. Ich stecke meine Schnauze durch die dicken Stäbe, und wir beschnuppern uns ausgiebig. Dann quietsche ich laut und stampfe kräftig mit meinem Vorderhuf auf den Boden, um möglichst viel Eindruck auf meine neue Nachbarin zu machen.

Eigentlich brauchte ich mich gar nicht so aufzuspielen. Die Haflingerstute riecht nämlich wie ein sehr erfahrenes Pferd, das bei den Tieren hier auf dem Hof bestimmt einen hohen Rang einnimmt. Mit meinen knapp fünf Jahren habe ich mit Sicherheit noch nicht so viel zu bieten. Außerdem bin ich hier ja noch total neu.

Das Eindruckschinden klappt wirklich nicht. „Na dann", brummt die alte Stute nur, aber ihr Blick bleibt freundlich. Sie lobt mich sogar: „Gut siehst du aus. Bestimmt bist du noch jung."

„Richtig", bestätige ich.

„Dann bist du also die Neue hier", stellt sie fest, als wäre es das Normalste von der Welt.

Verunsichert spiele ich mit den Ohren. „Nein, nein, ich bin nur vorübergehend in diesem Stall. Günther, mein Zweibeiner, hat mich eben hierhergebracht, dann ist er kurz weggefahren. Aber er wird mich bald wieder abholen. Ganz sicher."

„Hm." Der zweifelnde Blick der erfahrenen Stute jagt mir einen Schauer über den Rücken. Aber zum Glück wechselt sie das Thema: „Ich heiße übrigens Mina, aber meine Zweibeiner nennen mich nur Minchen. Und du? Was bist du überhaupt für eine? Ein Pferd, das seinen Hals so hoch trägt und solche schönen dicken Haarpuscheln an den Fesseln hat, hab ich noch nie gesehen."

Komisch. Günthers Stall ist voll von Pferden, die genauso aussehen wie ich.

„Mein Namen ist Meisje, und ich bin eine Friesenstute. Günther hat mich im Kutschefahren und im Reiten ausgebildet."

„Toll", meint sie. „Eingefahren bin ich übrigens auch. Aber meine Zweibeinerin Irina reitet lieber gemütlich mit mir durchs Gelände, oder sie setzt ihre kleine Tochter auf meinen Rücken und geht mit uns spazieren. Mit meinen 25 Jahren bin ich ja auch nicht mehr die Jüngste."

„So alt bist du schon?", wundere ich mich. „Und du wirst noch geritten? Wow!"

„Na ja." Sie seufzt leise. „Ich bin ganz froh, dass ich nicht mehr allzu viel arbeiten muss. Manchmal tun mir nämlich ein bisschen die Gelenke weh." Doch jetzt beginnen ihre Augen zu glänzen. „Aber Marie, die Tochter meiner Zweibeinerin, ist sooo süß. Zum Abschied umarmt sie mich immer mit ihren weichen Ärmchen. Dabei drückt sie sich ganz fest an mich."

Bestimmt hast du es richtig gut bei deiner Irina, denke ich. Genauso wie ich bei meinem Günther. Ach, wenn er doch schon wieder bei mir wäre!

Mir bleibt keine Zeit, um darüber nachzudenken, denn jetzt höre ich schon wieder Hufschläge. Diesmal kommen sie aus der Richtung der kleinen Tür, die durch die dicke Mauer an meiner linken Seite auf den Hof führt.

Mit gespitzten Ohren warte ich ab, denn die Geräusche klingen merkwürdig dumpf und sogar noch schwerer als die Schritte von uns Friesen. Wer immer da im Anmarsch ist, muss wirklich ein Riese sein.

Der Wallach, der nun in geruhsamem Schritt auf den Hof kommt, ist tatsächlich beeindruckend. Doch er ist längst nicht so groß, wie ich gedacht hatte. Stattdessen hat er einen überaus kräftigen Hals, einen breiten Rücken, eine runde Kruppe, starke Beine und sehr große Hufe. Er strotzt regelrecht vor Muskeln und Kraft. Und dann noch seine Farbe! Eigentlich ist sein Fell weiß, aber über den ganzen Körper sind jede Menge schwarzer Punkte verteilt.

Überhaupt: Dieser hübsche Kerl könnte mir schon gefallen, denke ich. Schade, dass er ein Wallach ist!

„Da kommt Eddie", freut sich Minchen. „Er ist dein Nachbar auf der anderen Seite und ein total netter Typ. Bestimmt war er wieder mit seinem Zweibeiner Max beim Holzrücken."

Max ist bestimmt der ältere Mann in Jeans, Sweatshirt und festen Schuhen, der Eddie gerade das Zaumzeug ausgezogen hat und ihn nun an einem Ring in der Mauer festbindet. Aber ich hab nicht die geringste Ahnung, was Holzrücken ist. Also frage ich Mina.

„Das kennst du nicht?", wundert sie sich. „Gibt es bei euch denn keinen Wald?"

„Nur Felder und Wiesen", erkläre ich. „Die Landschaft bei uns ist ganz flach. Berge habe ich zum ersten Mal hier bei euch gesehen."

„Komisch", findet sie. „Aber dann werde ich's dir halt erklären. Also: Beim Holzrücken holt ein Pferd Baumstämme aus dem Wald. Das ist eine ganz schön harte Arbeit, denn man muss mit aller Kraft ziehen, dabei manchmal über sumpfige Stellen springen oder Abhänge hinunterkraxeln. Außerdem musst man sofort stehen bleiben, wenn der Baumstamm hinter einem irgendwo hängen bleibt. Gleichzeitig soll man auch noch auf die Kommandos seines Zweibeiners hören."

„Puh", seufze ich. „Das ist bestimmt nicht einfach."

„Kann man wohl sagen", bestätigt sie und schaut wieder zu dem gefleckten Wallach hinüber, dem Max gerade mit dem Wasserschlauch den Schweiß aus dem Fell spritzt. „Eddie ist ein echter Profi, schlau wie ein Fuchs und mit Nerven wie Drahtseilen."

Bewundernd sehe ich den gut aussehenden Kerl an, der entspannt in der warmen Frühlingssonne steht und die kühle Dusche genießt.

Max streicht ihm mit einem Schweißmesser das Wasser aus dem Fell, dann führt er ihn zu unseren Paddocks.

Ich werfe mich mächtig in Pose. Es kann ja wohl nicht schaden, wenn ich einen guten Eindruck auf ihn mache. Außerdem: Manche Wallache vergessen nie, dass sie mal ein Hengst waren. Die sollen echt coole Lover sein. Also: Wer weiß?

Tatsächlich grummelt mir Eddie schon aus einiger Entfernung ein freundliches „Hi!" zu. Während sein Mensch ihm die Tür öffnet, mustert er mich mit anerkennendem Blick.

Mit gekonntem Griff zieht Max ihm das Halfter aus, dann gibt er ihm einen Klaps auf sein mächtiges Hinterteil. „Mach dir 'nen schönen Abend, Dicker", meint er und schließt den Paddock.

Zu meiner Freude kommt Eddie gleich zu mir an den Zaun, und wir vollziehen das Begrüßungsritual mit Beschnuppern, Quietschen und Hufestampfen.

„Hübsch, hübsch", meint er dann. „Du bist also die Neue hier."

Jetzt sagt der das auch noch! „Nein, nein", wehre ich schnell ab. „Günther, mein Zweibeiner, ist gerade unterwegs, aber bald fahre ich wieder mit ihm nach Hause."

„Aha", meint er, doch der Blick, den er mir zuwirft, gefällt mir überhaupt nicht. Er schüttelt sich kräftig, sodass die Wassertropfen in alle Richtungen fliegen, dann stößt er einen tiefen Seufzer aus. „Puh, ich bin fix und fertig. War echt hart heute: superdicke Stämme, schlammiger Untergrund und dann noch die ersten Fliegen ... Jetzt hab ich einen Bärenhunger." Mit diesen Worten stapft er zu seinem Heunetz und beginnt zu fressen.

Ich beschließe, das Gleiche zu tun. Wenn Günther kommt und mich auf die lange, wackelige Fahrt zurück nach Hause mitnimmt, werde ich jede Menge Kraft brauchen.

Die ganze Nacht stehe ich am Zaun und warte auf Günther. Als die Sonne aufgeht, bin ich immer noch dort und starre so verzweifelt auf das Hoftor, dass ich darüber sogar mein Frühstück vergesse.

Aber er kommt nicht.

Wenn nur diese nervigen fremden Zweibeiner nicht wären! Seit die Sonne ihren höchsten Stand erreicht hat, drücken sich immer wieder ein paar von ihnen an meinem Paddock herum und starren mich mit den gleichen merkwürdigen Blicken an wie gestern. Dabei bin ich hundemüde und schrecklich unglücklich!

Irgendwann laufe ich nur noch unruhig in meinem Paddock hin und her. Doch am späten Nachmittag bin ich so erschöpft, dass ich mich in den Eingang meiner Box verkrieche und mit hängendem Kopf vor mich hin döse.

Dann erscheint die müffelnde Lady. In ihrer schicken, blitzsauberen Reithose und den glänzenden Stiefeln marschiert sie schnurstracks auf meinen Paddock zu.

Eddie hebt seinen Kopf und brummt: „Die hat's aber eilig."

„Warum?", murmle ich.

„Sie hat Halfter und Führstrick in der Hand. Außerdem hat sie gerade einen Sattel und ein Kopfstück über den Holzbalken da drüben gehängt. Daneben hat sie einen Putzkasten gestellt", klärt mich Mina auf. „Sie will dich reiten, da bin ich mir ziemlich sicher."

„Das kann nicht sein", antworte ich mit felsenfester Überzeugung. „Ich gehöre doch Günther. Und der ist nicht hier, also kann er es ihr auch nicht erlauben."

Schweigend wendet sich Minchen ihrem Heunetz zu und zieht ein paar Halme heraus.

Die Lady ist an meinem Paddock angekommen, und der üble Geruch ihres Parfüms steigt mir derart heftig in die Nüstern, dass ich angewidert schnaube.

Da kommt Max mit einer Schubkarre voll Heu bei uns vorbei. Er wirft uns einen nachdenklichen Blick zu und bleibt stehen. „Hallo, Frau Hohenstein. Sie wollen Meisje reiten, stimmt's?"

Die Lady hat wohl den kritischen Ton in seiner Stimme bemerkt, denn sie runzelt die Stirn. „Natürlich. Sie ist doch mein Pferd."

Wie bitte? Ich gehöre ihr???

Der Schreck fährt mir durch Mark und Bein.

Nein, das ist nicht wahr. Das kann gar nicht wahr sein. Günter würde mich nicht verkaufen. Niemals. Ich muss mich verhört haben.

„Trotzdem würde ich jetzt noch nicht mit ihr arbeiten", widerspricht Max. „Die Kleine hat sich doch noch gar nicht hier eingewöhnt."

„Ich weiß nicht, wo das Problem liegt. Sie klingen ja so, als wäre Meisje noch ein Fohlen. Dabei ist sie fast fünf Jahre alt", protestiert die Lady.

Er wiegt den Kopf. „Richtig. Aber damit ist sie immer noch verdammt jung. Ein Teenager, würde ich sagen. So richtig erwachsen sind Pferde ja erst mit acht Jahren. Und Meisje leidet, das sehe ich deutlich."

Sie zieht die Augenbrauen hoch. „Dann wird ihr ein bisschen Abwechslung nur guttun."

Max' Körper verkrampft sich, er scheint sich zu ärgern. Trotzdem bleibt er freundlich. „Das glaube ich nicht. Schauen Sie doch mal, wie fertig das arme Pferd dasteht. Sie hat heute noch gar nichts gefressen, nicht mal ihr Kraftfutter hat sie angerührt. Stattdessen ist sie den halben Nachmittag in ihrem Paddock hin und her gerannt. Wenn Sie sie jetzt noch reiten, überfordern Sie sie maßlos."

„Ich muss ja nicht gleich Gott weiß was von ihr verlangen", wendet sie ein.

Er atmet tief durch. Jetzt ist er richtig sauer, das sehe ich ihm an. Und ich hab keine Ahnung, warum er immer noch höflich bleibt. „Sie möchten doch ein Pferd haben, das fleißig mitarbeitet und Ihnen gerne gehorcht. Halt eines, das Ihnen Freude macht.

Wollen Sie das gleich zu Anfang aufs Spiel setzen? Geben Sie sich bitte einen Ruck und lassen Sie der Kleinen noch ein paar Tage Zeit, um sich hier einzuleben."

Sie wirft ihm einen misstrauischen Blick zu. Dann überlegt sie einen Moment.

„Na gut, wenn Sie meinen", lenkt sie schließlich ein. „Aber ein bisschen putzen werde ich sie ja wohl dürfen."

An ihrer abwehrenden, steifen Körperhaltung erkenne ich, dass sie das eigentlich nur sagt, weil sie es sich mit dem Besitzer dieses Reitstalles nicht sofort verderben will.

Max sieht ziemlich erleichtert aus. „Ja, natürlich. Das gefällt ihr vielleicht sogar."

Sie nickt kurz, dann öffnet sie mit einem energischen Griff das Gatter und kommt herein.

Ich trete einen Schritt zurück, denn ihr scheußlicher Geruch ist kaum noch zu ertragen.

Abrupt bleibt sie stehen und runzelt wieder die Stirn. Ich glaube, sie ärgert sich über mich. Aber was hätte ich machen sollen?

Nun scheint sie sich schon wieder ein bisschen gefangen zu haben, denn sie legt ein freundliches Lächeln auf und flötet: „Na komm, mein Schätzchen! Wir gehören doch jetzt zusammen."

Zusammengehören? Wir? Von wegen! Ich bin Günthers Pferd. Da kann sie machen, was sie will!

Sie setzt sich wieder in Bewegung. Und ich kann nicht mehr weiter zurück, sonst würde ich nämlich mit meiner Kruppe an die Stallwand stoßen. Also warte ich mit nervös spielenden Ohren ab – und schon ist sie bei mir.

„Na also", murmelt sie, klopft mir kurz den Hals und legt mir das Halfter an. Es klickt leise, als sie den Strick einhängt, dann fordert sie mich mit einem Schnalzen auf, ihr zu folgen.

Soll ich wirklich?

Na gut, mir wird gar nichts anderes übrig bleiben. Günther ist ja nicht da, um mich zu beschützen. Also stoße ich einen tiefen Seufzer aus und trotte mit hängendem Kopf hinter ihr her.

„Viel Glück", brummelt Eddie mitfühlend.

Zur Antwort schlage ich nur missmutig mit dem Schweif.

Dann bindet sie mich an einem Ring in der Mauer fest, und ich lasse das Putzen mit zusammengekniffenen Nüstern über mich ergehen. Eigentlich mag ich es ja, wenn ein Zweibeiner mich mit dem Striegel schrubbt. Und erst das zärtliche Streicheln der weichen Bürste auf meinem Fell ...

Aber heute ist das anders. Schon weil mich dieser Gestank umwölkt. Ich atme so flach wie möglich, trotzdem wird mir manchmal schummerig. Darum bekomme ich ab und zu gar nicht mit, dass sie etwas von mir will. Dreimal muss sie mich auffordern, bis ich endlich kapiere, dass ich ihr den rechten Hinterhuf geben soll. Und erst als sie mir ein ruppiges „He!" entgegenschleudert, wird mir klar, dass ich nach links zur Seite treten soll. Hoffentlich, hoffentlich holt mich Günther bald ab!

Das heißt: Wenn er denn überhaupt kommt. Die Feststellung der Lady, dass ich jetzt angeblich ihr gehöre, will mir nicht aus dem Kopf gehen und bohrt sich qualvoll in jeden Winkel meines Gehirns. Dann fällt mir mit Schrecken ein, dass Günther in den letzten Jahren immer wieder einen meiner vierbeinigen Kumpel aus dem Stall geholt und in den Anhänger geführt hat. Danach ist er losgefahren, und ich habe meinen Freund nie wiedergesehen ...

Ich werde steif vor Entsetzen. Plötzlich wird mir endgültig klar: Günther wird mich nicht abholen. Er hat mich wirklich und wahrhaftig verkauft, und das ausgerechnet an die müffelnde Lady!

Autsch!!! Ihr Ellenbogen ist mit Karacho in meinen Rippen gelandet.

Au weia! Bestimmt hab ich schon wieder irgendwas nicht mitgekriegt. Was könnte sie denn jetzt von mir wollen?

Aha, sie möchte, dass ich einen Schritt nach rechts gehe. Ist ja gut, dann tu ich's halt. Doch gleichzeitig denke ich wehmütig: Günther hätte mir niemals so wehgetan. Er war immer ruhig und freundlich zu uns Pferden. Sogar als er mich eingeritten hat, ist er entspannt geblieben. Dabei hab ich damals manchmal einfach losgebuckelt, zweimal hab ich ihn sogar in hohem Bogen abgesetzt!

Und ausgerechnet jetzt, wo ich so viel gelernt und mir immer so viel Mühe gegeben habe, gibt er mich weg. Warum hat er mir das bloß angetan? Ist er mir vielleicht doch böse, weil ich anfangs so frech war?

Aua!!! Jetzt hat mir die Lady schon wieder in die Rippen gerumst. Warum denn diesmal?

Ach so, mein linker Vorderhuf steht auf dem Hufkratzer. Okay, ich nehme ihn ja schon weg. Und ich muss unbedingt besser aufpassen. Noch mehr blaue Flecken auf den Rippen kann ich wirklich nicht brauchen.

Irgendwann scheint die Lady zu denken, dass ich sauber genug bin, und ich darf zurück in meinen Stall.

Uff, endlich kann ich wieder frei durchatmen!

Als sie den Paddock wieder verlassen hat, trottet Eddie zu mir an den Zaun. „Ist nicht so toll gelaufen, oder?"

Frustriert zucke ich mit dem rechten Ohr.

„Schon klar", seufzt er. „Aber ihr werdet euch bestimmt aneinander gewöhnen."

Das kann ich mir nicht vorstellen. Überhaupt bin ich so traurig, dass ich ohne einen weiteren Kommentar zurück auf meinen Platz am Ausgang der Box trotte. Dort döse ich irgendwann tatsächlich ein.

„Armes Pferdchen."

Huch!

Erschrocken reiße ich den Kopf hoch. Hoffentlich steht nicht schon wieder irgendein unbekannter Mensch am Zaun und starrt mich an!

Entwarnung. Vor meinem Paddock ist niemand. Aber ich glaube, die Stimme kam auch eher von links, aus Minchens Stall.

Ich schaue mich um.

Tatsächlich, dort ist eine junge, schlanke Frau mit kinnlangen dunklen Haaren. Neben ihr steht ein kleines Mädchen, das ungefähr fünf Jahre alt sein dürfte. Mina schaut den zweien über die Schulter, und ihre Augen leuchten.

„Schau mal! Das sind Irina und Marie, meine Zweibeiner", stellt sie die beiden vor.

Ich mag die zwei sofort gut leiden – nicht nur weil Minchen so strahlt, sondern auch weil sie mich so freundlich ansehen. Und sie riechen kein bisschen nach ekligem Parfüm, sondern nur ein wenig nach Seife und ansonsten einfach nur nach Mensch.

Na so was! Jetzt hält mir das Kind sogar eine Möhre hin. Mit gespitzten Ohren gehe ich zu ihm, dann nehme ich das Leckerli ganz vorsichtig aus seiner Hand, damit ich die schmalen Fingerchen nicht erwische.

Wie gut das schmeckt! Zum ersten Mal, seit ich hier gelandet bin, bemerke ich, dass ich Hunger habe.

„Sooo ein tolles schwarzes Pferd", sagt das Mädchen bewundernd. Doch selbst jetzt starrt es mich nicht so komisch an wie die Leute gestern. Stattdessen strahlt es so süß über sein ganzes Gesicht, dass mir warm ums Herz wird. Ich drücke meine Nüstern durch den Zaun und genieße, dass die kleine Hand über meine Nase streichelt.

„Sie ist eine Friesenstute", erklärt Irina. „Das kannst du an ganz vielen Merkmalen erkennen, zum Beispiel an ihrer stolzen Körperhaltung, an ihrer langen, lockigen Mähne und an den vielen Haaren an ihren Fesseln."

„Aha", sagt Marie. „Aber unsere Mina ist noch schöner. Und ihre Mähne ist mindestens genauso lang."

Na gut, wenn sie meint ... Leicht beleidigt und ein bisschen eifersüchtig hebe ich den Kopf und schaue wieder in die Augen von Minchen, die immer noch vor Stolz und Freude funkeln.

So sieht ein Pferd aus, wenn seine Zweibeiner es gern haben, denke ich wehmütig, während die beiden sich wieder der alten Haflingerstute zuwenden.

Doch dann keimt leise Hoffnung in mir auf.

Vielleicht könnte es ja doch noch etwas werden mit der müffelnden Lady und mir, denke ich. Ab jetzt muss ich mir ganz viel Mühe geben. Und vielleicht benutzt sie auch nicht jeden Tag dieses scheußliche Parfüm.

Plötzlich wird mir klar, dass das Getreide in meiner Futterkrippe verführerisch duftet. Überhaupt sollte ich unbedingt mal wieder etwas fressen.

Eilig gehe ich zu meiner Krippe und mache mich über mein Futter her.

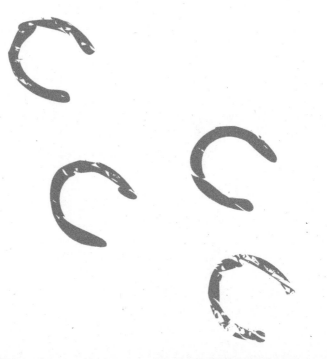

2
EINE CHARAKTERFRAGE

Als ich wieder aus meiner Box herauskomme, haben Mina und ihre beiden Menschen den Nachbarpaddock verlassen. Stattdessen schnüffelt dort ein großer, wuscheliger Hund herum.

Den hab ich doch schon mal gesehen, oder?

Ja, richtig: Als ich nach meiner Ankunft verzweifelt in meinem Stall hin und her gelaufen bin, ist er in aller Ruhe über den Hof spaziert.

Mit gespitzten Ohren gehe ich an den Zaun, aber der Hund ist so beschäftigt, dass er mich nicht bemerkt. Darum stoße ich ein deutliches Schnauben aus.

Sein Kopf fährt hoch, dann sieht er mich interessiert an. „Na, du Hübsche? Hast du das Trauern endlich aufgegeben? Wurde aber auch Zeit."

Er trabt zu mir an den Zaun und beschnuppert mich neugierig. „Du riechst echt gut. Bist noch ziemlich jung, oder? Und du siehst irgendwie besonders aus."

Na gut. So, wie die fremden Leute mich angestarrt haben, muss ich das ja wohl glauben. Trotzdem antworte ich eher ausweichend: „Wenn du meinst ... Aber wer bist du? Wohnst du hier? Und zu welchem Zweibeiner gehörst du?"

„Ich bin Pollux, und ich lebe wirklich hier auf dem Mühlwinklhof. Vor ein paar Jahren bin ich hier gestrandet, und Max und seine Frau haben entschieden, dass ich bleiben darf."

„Klingt ganz gut", stelle ich fest.

„Das ist es wirklich", bestätigt er. „Aber euch Pferden geht es hier doch auch nicht schlecht, oder?"

„Na ja, ich habe einen schönen Stall, und das Heu schmeckt gut", gebe ich zu. „Aber ..."

„Du hast Heimweh, ist doch klar", unterbricht er mich. „Das geht den meisten so, wenn sie gerade erst hier angekommen sind. Aber meistens wird es schnell besser. Spätestens wenn du in ein paar Tagen mit Minchen und Eddie auf die Weide darfst, bekommst du wieder bessere Laune. Warte mal ab!"

„Weiden habt ihr hier auch? Das ist ja prima!", stelle ich erfreut fest.

Er legt seinen Kopf schief. „Was hast du denn gedacht? Die Wiesen sind hier besonders gut, voller Blumen und duftenden Kräutern. Durch eure fließt sogar ein Bach mit frischem, kühlem Wasser. Und in der Ferne kannst du die Berge sehen."

„Na so was." Meine Stimmung wird schon jetzt ein bisschen besser. Auf Günthers Weiden waren die Kräuter nämlich dünn gesät. Und wir haben von dort aus nur Felder und eine stark befahrene Straße gesehen.

Aufmunternd leckt Pollux mir über die Nüstern. „Es ist gar nicht so schlecht hier, wirklich", bekräftigt er, dann schaut er sich um. „Da kommt übrigens Streif, der ungekrönte König des Bauernhofes."

Interessiert hebe ich den Kopf.

Aha. Ein grau gestreifter Kater spaziert mit leisen Schritten auf uns zu. „Hallo", begrüßt er den Hund kurz, dann wendet er sich mir zu.

Pollux wirft mir einen sprechenden Blick zu: „Typisch Katzen: arrogant und undurchschaubar."

Zur Antwort zucke ich nur verständnisvoll mit dem Ohr, um Streif nicht zu verärgern. Ich weiß nämlich, dass man es sich mit Hofkatzen nicht verderben darf. Schließlich kommen sie bei den Menschen von der Küche bis zur Futterkammer überall hin, darum wissen sie fast immer, was die Zweibeiner vorhaben.

Leichtfüßig klettert der Kater durch den Zaun, beschnuppert mich eingehend und reibt ausgiebig sein Köpfchen an meinen Nüstern. „So. Jetzt riecht jeder, dass du in meinem Revier wohnst", stellt er fest, lässt sich auf seine Hinterbeine nieder und sieht mich prüfend an.

„Jung und unerfahren. Vor allem was die Menschen angeht", schlussfolgert er.

„Was soll das denn heißen?", erwidere ich leicht beleidigt. „Immerhin bin ich fast fünf Jahre alt."

„Das ist kein Alter, weder für eine Katze noch für ein Pferd", gibt er zurück. „Außerdem hast du bisher mit Sicherheit noch nicht mit allzu vielen Zweibeinern zu tun gehabt."

Da ist nicht unbedingt falsch. Bis jetzt hat sich fast nur Günther um mich gekümmert. Außer ihm gab es nur zwei junge Mädchen, die mich in der letzten Zeit manchmal geritten haben. Aber sie haben immer genau das getan, was er ihnen gesagt hat. Tja, und dann kam die müffelnde Lady …

„Okay, was für Erfahrungen muss ich deiner Meinung nach noch mit ihnen machen?", frage ich.

„Dass sie äußerst merkwürdige Zeitgenossen sind", klärt er mich auf.

„Na gut, das finde ich ja auch", erkläre ich. „Wie die mich gestern und vorgestern angestarrt haben ..."

„Darüber darfst du dich nicht wundern. Das liegt daran, dass du so schön und so besonders bist", stellt Streif fest. „Davon rede ich auch gar nicht. Das wirkliche Problem mit den Menschen ist, dass man sie so schlecht einschätzen kann. Nur auf die wenigsten darf man sich verlassen."

„So was würde ich nicht behaupten. Wenigstens nicht, was Günther angeht", protestiere ich. „Bei ihm wusste ich immer genau, was er von mir wollte. Und er hat sich gut um mich gekümmert: Mein Futter kam pünktlich, der Stall wurde regelmäßig ausgemistet ..."

Traurig sieht Pollux mich an. „Trotzdem hat er dich verkauft."

Er hat absolut recht!, erkenne ich erschrocken.

„Pollux ist zwar nur ein Hund, aber er weiß, was er sagt", unterstützt ihn der Kater.

Der Hofhund seufzt. „Weißt du: Als ich jung war, habe ich einige Zeit bei einer Familie gewohnt. Aber eines Tages ..." Offenbar nimmt ihn die Erinnerung so sehr mit, dass er sich kurz unterbrechen muss. „An einem glühend heißen Sommertag hat mich mein Herrchen ins Auto geladen. Lange Zeit sind wir gefahren, dann hat er mich einfach in einem Wald ausgesetzt."

„So ein gemeiner Kerl!", entfährt es mir.

„Das kann man wohl sagen", bestätigt Streif, weil Pollux nun endgültig schweigt. „Tagelang ist er durch die Gegend geirrt, dann ist er halb verdurstet und total ausgehungert auf dem Mühlwinklhof angekommen."

Der Schock über das, was du damals erleben musstest, scheint immer noch tief zu sitzen, denke ich und sehe den Hund mitleidig an.

Vielleicht habe ich im Vergleich zu ihm ja noch Glück gehabt. Immerhin hat Günther mich nicht ausgesetzt. Trotzdem ist es schon schlimm genug, dass er mich verkauft hat – erst recht weil ich bei der müffelnden Lady gelandet bin.

Aber ich korrigiere mich gleich wieder: Nein, das darfst du nicht denken, Meisje! Du willst dir mit deiner neuen Besitzerin doch ganz viel Mühe geben.

„Seitdem kann ich die Menschen nicht mehr ausstehen", erklärt Pollux. Er klingt so traurig, dass ich am liebsten durch das Gitter geklettert wäre und ihn mit den Nüstern angestupst hätte, um ihn zu trösten.

„Nun übertreib mal nicht", widerspricht ihm Streif.

„Na ja", meint der Hund. „Den Max und seine Frau mag ich schon sehr gern. Und Irina ist mir auch sympathisch. Aber alle anderen können mir gestohlen bleiben!"

Da hebt der Kater den Kopf und spitzt die Ohren. „Schaut mal, wer da kommt!"

Oha, das ist ja die müffelnde Lady! Geschniegelt und gestriegelt, dezent geschminkt und in einer hautengen Jeans steigt sie aus ihrem glänzend schwarzen Geländewagen und geht schnurstracks in die Sattelkammer.

„Dann will ich mal sehen, wo Max steckt", erklärt Pollux und tapst davon.

Auch Streif erhebt sich, aber er geht nur ein paar Schritte weit weg, setzt sich wieder hin und putzt sich hingebungsvoll das Fell. Bestimmt will er meine neue Besitzerin unauffällig beobachten.

Die verlässt gerade die Sattelkammer, bewaffnet mit Putzzeug, Halfter und Strick. Sie stellt den Putzkasten an der Mauer ab, dann kommt sie zu mir herüber.

Ich bekomme mächtig Herzklopfen. Hoffentlich hat sie heute bloß nicht wieder dieses schaurige Parfüm aufgelegt!

Oh doch, sie hat. Obwohl sie erst mitten auf dem Hof ist, steigt mir das üble Zeug schon jetzt in die Nüstern.

Der Kater hebt witternd den Kopf, dann wirft er mir einen mitfühlenden Blick zu.

Inzwischen ist die müffelnde Lady schon so nahe, dass ich ihren Gestank nur noch schwer ertragen kann.

„Na, Meisje", begrüßt sie mich.

Geruch ist nicht alles!, ermahne ich mich und schaffe es, freundlich die Ohren zu spitzen.

„Na also", freut sie sich. „Offenbar hast du dir meine Maßnahmen von gestern gemerkt. Kluges Mädchen!"

Ich gefriere fast zu Eis. Was bildet die sich denn ein? Glaubt sie wirklich, ich wäre freundlich zu ihr, weil sie mich zweimal rüde angerempelt hat? Das Gegenteil ist der Fall: Ich bin es trotzdem!

Was sie nun macht, gefällt mir allerdings schon besser: Sie kramt in der Tasche ihrer Jeans, holt ein Leckerli heraus und hält es mir hin.

Vorsichtig nehme ich es von ihrer grauenhaft riechenden Hand.

Hmm, das schmeckt richtig gut! Vielleicht sollte ich ihr wirklich noch mal eine Chance geben.

Sie öffnet die Tür meines Paddocks, kommt herein und streift mir das Halfter über.

Ich kann nicht anders, ich muss angewidert schnauben. Sofort ist ihre blitzsaubere rosa Bluse wieder mit schwarzen Sprenkeln übersät.

Sie zuckt zusammen, runzelt die Stirn und versucht, den Schnodder mit ein paar Handbewegungen wegzuwischen. Aber das hilft ihr leider überhaupt nicht.

Warum hat sie sich nicht einfach alte Klamotten angezogen, so wie Günther und die anderen auf seinem Hof?

Als sie den Führstrick an meinem Halfter befestigt, entspannt sie sich allerdings schon wieder. Obwohl ... Ich glaube, sie tut nur so. Warum sonst ist ihr Körper so verkrampft?

Wenigstens geht sie einen Schritt vor mir her, als sie mich aus dem Paddock führt. Trotzdem folge ich ihr nur widerwillig zum Putzplatz. Und als sie mich an einem Ring in der Mauer festbindet, kommt sie mir schon wieder so nahe ...

Luft anhalten und freundlich gucken! Auf gar keinen Fall darf ich jetzt die Ohren anlegen.

Sie geht zwei Schritte weg zum Putzkasten, und ich atme ein bisschen durch. Aber kaum hab ich Luft geholt, ist sie schon wieder bei mir und bearbeitet mich mit dem Striegel. Jetzt muss ich gut aufpassen, damit mir bloß kein Befehl entgeht!

Sie drückt mit ihrer linken Hand gegen meine Rippen. Bestimmt will sie, dass ich ein, zwei Schritte von der Mauer wegtrete. Den Gefallen tu ich ihr.

Ich glaube, diesmal hab ich alles richtig gemacht. Fragt sich nur: Warum lobt sie mich nicht, wenigstens ein bisschen? Ein freundliches Wort kann doch nicht schaden, oder?

Aber sie beachtet mich gar nicht, sondern striegelt einfach weiter. Dann holt sie die Bürste aus dem Putzkasten. Damit stellt sie sich direkt vor meine Nase, weil sie meinen Kopf sauber machen will.

Mir wird schummerig.

Durchhalten, Meisje! Da musst du jetzt durch!

Ergeben schließe ich die Augen und stelle meine Vorderbeine ein bisschen breiter hin, weil mir immer noch schwindelig ist.

„Aua!"

Huch! Erschrocken reiße ich den Kopf hoch – und kriege derart eins auf die Nase, dass ich einen Schritt rückwärts gehe. Dann erst kapiere ich, dass ich gerade meinen rechten Huf auf ihren linken Stiefel gestellt hatte. Oh nein, auch das noch!

Mit schmerzverzerrtem Gesicht humpelt sie zur Seite, zieht ihren linken Fuß aus dem Schuh und reibt sich die lädierten Zehen.

Okay, das tut mir jetzt wirklich schrecklich leid. Gleichzeitig ist es aber auch eine abgrundtiefe Erleichterung für meine Nüstern, dass sie weg ist.

Doch bald steht sie schon wieder vor mir, packt rüde mein Halfter und sieht mich zornig an. „Wag das nicht noch mal, sonst setzt's richtig was! Darauf kannst du dich aber so was von verlassen …"

Ich hab doch überhaupt nichts gewagt, es war nur ein Versehen. So was kann jedem passieren.

Sie hat sich schon wieder von mir weggedreht und bürstet mit kräftigen Bewegungen mein Fell. Wenigstens arbeitet sie sich dabei langsam nach hinten vor, weg von meiner gequälten Nase. Ängstlich lasse ich meine Ohren spielen und schiele angestrengt nach hinten, um sie so genau wie nur möglich zu beobachten. Hoffentlich beruhigt sie sich bald!

„Das hat aber gesessen", stellt Streif fest, der gerade zu mir herüberschleicht.

„Was meinst du? Dass ich meinen Huf auf ihren Fuß gestellt habe oder dass sie mir eine geknallt hat?", frage ich.

„Beides." Er setzt sich an die Mauer und leckt seinen Schwanz.

„Das mit dem Huf war aber keine Absicht", widerspreche ich.

„Weiß ich doch. Jeder Blinde konnte das sehen. Na, zumindest jeder blinde Kater." Er steht auf und geht ein Stück weg, weil die müffelnde Lady gerade mit dem Hufkratzer in der Hand ganz nahe an ihm vorbeigeht, ohne ihn eines Blickes zu würdigen. „Aber die Zweibeiner sind halt nicht mit Klugheit gesegnet. Und mit Aufmerksamkeit leider auch nicht."

Nun klopft mir die Lady aufs Vorderbein, und ich hebe sofort meinen Huf.

„Na also. Dann hat mein kleiner Klaps ja wohl etwas gebracht", stellt sie fest.

„Kleiner Klaps. Dass ich nicht lache!", maunzt Streif.

Ich schnaube ärgerlich. „Genau. Das war ja wohl das Allerletzte!"

„Tja, viele Menschen glauben, dass ein Tier nur brav ist, wenn es Angst vor ihren Strafen hat", seufzt er. „Dabei gehorchen wir ihnen viel lieber, wenn wir sie mögen und uns bei ihnen sicher fühlen. Aber das können sich solche Leute wohl gar nicht vorstellen."

Jetzt werde ich traurig. Mit hängendem Kopf lasse ich es über mich ergehen, dass sie mir auch noch die anderen drei Hufe auskratzt.

Als sie mit meinem zweiten Hinterbein beschäftigt ist, streicht der Kater mir tröstend um die Vorderbeine. „Nur Mut. Das wird schon. Hier haben schon viele Pferde ein paar Anfangsschwierigkeiten mit ihren neuen Besitzern gehabt. Bei den allermeisten hat sich das aber irgendwann gegeben."

„Wirklich?" Ich bin immer noch so bedrückt, dass ich das kaum glauben kann.

„Ganz sicher", schnurrt er. „Ihr müsst euch halt erst mal richtig kennenlernen."

Zweifelnd spiele ich mit den Ohren. „Glaubst du wirklich, sie hat mir nur eine verpasst, weil sie mich noch nicht kennt?"

„Vielleicht." Eilig verzieht er sich, weil die Lady auf meinen Kopf zukommt und ihn dabei mal wieder nicht beachtet.

„Katzen scheint sie jedenfalls nicht zu mögen", schnaube ich.

„Die interessiert mich ja auch nicht", behauptet er und schleicht seiner Wege.

Meine Besitzerin bindet mich jetzt los. Zum Glück! Ich hab's nämlich satt, die ganze Zeit aufzupassen wie ein Luchs, damit ich nicht wieder eins auf die Nase kriege.

In eine Wolke aus ekligem Parfüm gehüllt, tapse ich hinter ihr her in den Paddock.

Also ehrlich: Die Frau macht mich fertig. Gerade hat sie mich nur geputzt, trotzdem bin ich erschöpfter, als ich mich jemals gefühlt habe, wenn Günther mich eine Stunde lang geritten hat.

Ich bemerke erst, dass Minchen mit Irina und Marie auf den Hof gekommen ist, als die Lady meinen Paddock hinter sich geschlossen hat und endlich außer Riechweite ist.

Neugierig beobachte ich, wie Irina an den Putzplatz geht und ihrer alten Stute das Kopfstück abnimmt, wie sie ihr ein Halfter überzieht und die Hufe auskratzt. Ihre kleine Marie sitzt immer noch auf dem Pferderücken und zaust die Mähnenhaare der alten Stute. Mina steht zufrieden da und lässt sich die Sonne auf den Pelz scheinen. Wie harmonisch das aussieht und wie vertrauensvoll!

Am Ende gibt's zur Belohnung ein Möhrchen, dann kommt Mina zu mir in den Nachbarstall. Endlich!

„Alles klar?", fragt sie besorgt.

„Ich hab's überlebt", erkläre ich nur.

Mitleidig sieht sie mich an. „Diese Frau Hohenstein ist wieder da gewesen, nicht wahr? Ich kann sie immer noch wittern."

„Ja klar", seufze ich. „Ihren Geruch hab ich mit Müh und Not ertragen. Aber dann hat sie mir eins auf die Nüstern gegeben, weil ich meinen Huf auf ihren Fuß gestellt hatte. Dabei war das nicht mal Absicht."

„Wahrscheinlich glaubt sie, dass sie von Anfang an sehr streng mit dir sein muss, damit du sie respektierst", vermutet sie.

„Unsinn!" Ich schnaube verächtlich. „Günther war nie so hart zu mir. Trotzdem hab ich ganz viel von ihm gelernt. Bald hab ich richtig Hochachtung vor ihm gehabt, und am Ende bin ich immer brav gewesen."

Sie geht zu ihrem Heunetz, zupft ein paar Halme heraus und meint: „Günther ist aber nicht hier."

„Nein, leider nicht", brumme ich bedrückt.

Und er wird auch nicht wiederkommen. Die müffelnde Lady dagegen ganz sicher.

„Eben", stellt sie fest. „Du wirst dich wohl oder übel mit deiner neuen Besitzerin arrangieren müssen."

„Leider kann ich sie nicht nur nicht riechen, ich kann sie auch nicht ausstehen", gestehe ich. „Wie soll sich das ändern?"

Nachdenklich sieht sie mich an. „Mach dir mal nicht zu viele Gedanken. Hier hat es immer wieder mal ein Pferd gegeben, das seinen Zweibeiner nicht gemocht hat."

„Wirklich?", frage ich verblüfft.

„Aber ja", erklärt sie. „Die meisten haben sich mit der Zeit damit abgefunden. Irgendwann haben sie nämlich kapiert, dass sie hier auf dem Mühlwinklhof eigentlich ein schönes Leben hatten, mit einem großen Stall, gutem Futter, riesigen Weiden, netten Pferde-Nachbarn und so weiter. Dann haben sie sich gefragt: Muss ich mich denn unbedingt über die ein oder zwei Stunden mit meinem Besitzer aufregen, wenn ich die übrigen zweiundzwanzig Stunden genießen kann?"

Na gut. Das ist zwar kein ideales Leben, aber vielleicht kann ich mich auf so was einlassen.

„Okay", erkläre ich. „Machst du mich mal mit einem von diesen Pferden bekannt, sodass ich es um Rat fragen kann?"

Nachdenklich knabbert sie weiter an ihrem Heu. „Tut mir leid", erklärt sie dann. „Sie haben mit der Zeit alle den Mühlwinklhof wieder verlassen."

„Warum?", wundere ich mich.

Sie spielt mit den Ohren. „Weil sie nur noch Dienst nach Vorschrift gemacht haben, waren ihre Zweibeiner nicht zufrieden mit ihnen und haben sie verkauft."

„Dann geht es ihnen mit ihren neuen Besitzern bestimmt viel besser", vermute ich.

„Man soll die Hoffnung nie aufgeben", brummt sie kauend.

Inzwischen geht es mir wieder ein bisschen besser, darum mache ich mich ebenfalls über mein Heu her. Doch in meinem Kopf rumort und rumort es weiter.

Es wäre doch gar nicht so schlimm, wenn die Lady mich wieder verkaufen würde, überlege ich. Einen netten neuen Besitzer zu finden kann ja wohl so schwer nicht sein. Fragt sich nur: Was muss ich tun, damit sie mich so schnell wie möglich wieder loswerden will?

Ich bin so tief in meinen Gedanken versunken, dass ich beinahe über Pollux gestolpert wäre, als ich mich von meinem Heunetz wegdrehe. Er macht einen erschrockenen Satz, dann knurrt er mich warnend an.

„Ist doch schon gut. Jetzt weiß ich, dass du da bist", beruhige ich ihn.

„Aufpassen kann aber auch nicht schaden", grollt er, trottet zur Seite und hockt sich hin. Dann wechselt er das Thema: „Streif hat mir schon erzählt, dass dir deine Zweibeinerin heute eins auf die Nase gegeben hat."

„Stimmt", bestätige ich. „Das war total gemein. Überhaupt bin ich mir gar nicht mehr so sicher, ob ich noch weiter brav sein will. Eher frage ich mich: Wie kriege ich sie dazu, dass sie mich ganz schnell wieder verkauft?"

Nachdenklich kratzt er sich hinter dem rechten Ohr. „Ich fürchte, das ist gar nicht so einfach. Du bist nämlich ein sehr schönes und obendrein ein außergewöhnliches Pferd. Im Moment bist du bei sämtlichen Zweibeinern auf diesem Hof das Thema Nummer eins, weil sie dich so sehr bewundern. Und das gefällt deiner neuen Besitzerin außerordentlich gut."

„Warum denn?", wundere ich mich.

Er schüttelt sich. „Wahrscheinlich hofft sie, dass ein bisschen von deinem Ruhm auf sie abfärbt."

Ich schnaube verächtlich. „So ein Quatsch! Denkst du wirklich, dass sie mich deswegen behalten würde?"

„Das ist für sie zumindest ein wichtiger Faktor", erklärt er. „Darüber brauchst du dich aber nicht zu wundern, denn die meisten Zweibeiner sind so. Die wollen sich einfach wichtig fühlen. Daran kann man leider nichts ändern." Mit einem wohligen Seufzer legt er sich hin und wälzt sich genüsslich im Staub hin und her.

„Das kann ja heiter werden", stöhne ich. „Was soll ich denn deiner Meinung nach tun?"

Pollux lässt sich auf die Seite sinken und schielt spitzbübisch zu mir hoch. „Wenn du die Frau Hohenstein loswerden willst, hast du nur eine Chance: Ärgere sie, sooft du kannst. Stell ihr deinen Huf auf den Fuß, zwick sie in den Hintern, zieh ihr die Bluse aus der Hose und so weiter. Deiner Fantasie sind keine Grenzen gesetzt."

„Na toll", protestiere ich. „Dann kriege ich garantiert wieder eins auf die Nase, oder sie haut mir noch mal ihren Ellenbogen in die Rippen."

„Vielleicht greift sie irgendwann sogar zu Gerte", ergänzt er. „Aber so was musst du wohl oder übel in Kauf nehmen, denn eine andere Lösung gibt es nicht. Aber ich verspreche dir: Egal, was bei euch beiden abgeht, ich werde dir zur Seite stehen. Wir zwei zeigen's den Menschen!"

„Langsam, langsam", bremse ich ihn. „Darüber muss ich erst mal in Ruhe nachdenken."

Genau das mache ich auch, den ganzen restlichen Tag und bis weit die Nacht hinein. Als ich einschlafe, träume ich, dass mich die Lady verprügelt. Und wie! Ich hab sogar das Gefühl, dass ich ihr Parfüm riechen kann.

Beim Aufwachen hab ich immer noch Angst. Darum weiß ich überhaupt nicht, wie ich reagieren soll, als sie am Nachmittag wieder vor meinem Paddock auftaucht. Ratlos, wie ich bin, versuche ich, ihr Müffeln nicht zu beachten, sondern halte ganz still, als sie mir das Halfter überzieht, und laufe brav hinter ihr her zum Putzplatz.

Obwohl... Was macht sie denn jetzt? Sie führt mich ja in Richtung Hoftor! Will sie etwa, dass ich mit ihr nach draußen gehe...?

Aber da kenne ich mich doch gar nicht aus! Bestimmt lauern da Wölfe und Löwen und Bären, vielleicht sogar blutrünstige

Monster und Feuer speiende Drachen! Sie glaubt doch nicht im Ernst, dass sie mich davor beschützen kann! Das wäre das Letzte, was sie tun würde. Garantiert ist sie die Allererste, die die Flucht ergreift, wenn so ein grauenvolles Ungeheuer über uns herfällt.

Erst als sie heftig an meinem Strick zieht, merke ich, dass ich stehen geblieben bin. Nun zickt sie mich auch noch an: „Nun komm schon, du störrisches Vieh!"

He! Die Viecher lauern da draußen, wahrscheinlich sogar reihenweise. Und störrisch bin ich auch nicht. Ich hab einfach Angst!

„Richtig so!" Pollux' Stimme ertönt so plötzlich hinter mir, dass ich zusammenzucke.

„Herrgott noch mal!" Die Lady zerrt noch fester, sodass sich das Halfter schmerzhaft in die Haut hinter meinen Ohren bohrt. Und sie beginnt zu schwitzen, das rieche ich trotz ihres Parfüms.

Als ob ihr Reißen irgendwas nützt! Sie ist eindeutig schwächer als ich, und wenn sie sich so aufregt, macht mir das noch mehr Angst. Jetzt gehe ich erst recht nicht mit, am liebsten würde ich sogar weglaufen!

„Jawohl, du bist die Stärkere. Zeig's ihr!", feuert mich mein Hundekumpel an.

Endlich hört die Lady mit dem hirnlosen Ziehen auf und schnauft: „Hätte ich doch nur meine Gerte mitgenommen."

„Hat sie aber nicht, hat sie aber nicht!" Inzwischen hechelt Pollux vor Vergnügen.

Eine Peitsche würde ihr jetzt sowieso nichts nützen. Ich werde dieser wenig vertrauenswürdigen Zweibeinerin nicht folgen, selbst wenn sie mich zur Strafe zu Hackfleisch verarbeitet. Genau das würden die Monster da draußen nämlich sowieso mit mir machen.

Nun reißt sie schon wieder an meinem Halfter, und dabei fordert sie mich höchst unfreundlich auf: „Nun komm schon, Menschenskind!"

Ich bin kein Menschenskind, sondern ein Pferd. Und darüber bin ich so was von froh!

In ihrer Hilflosigkeit brät sie mir eins mit dem Strick über. Aber das entlockt mir nicht mal ein Zucken mit dem Ohr.

„Jipiiieh! Gleich dreht sie völlig durch!", jubelt mein Hundefreund und beginnt, aufgeregt zwischen meinen Beinen herumzuhüpfen.

Aber die Lady ist so wütend, dass sie das gar nicht merkt. Der Geruch ihres Schweißes überdeckt jetzt sogar ihr Parfüm.

„Sie krieeeegt 'nen roten Kooopf!", jault Pollux.

Da geht die Lady ab wie eine Rakete. Sie tobt und stampft mit ihrem Fuß auf und schimpft in einer Lautstärke, dass mir die Ohren wehtun.

Nun werde ich endgültig sauer. Ihr Benehmen ist das Allerletzte, schlimmer als bei dem dümmsten, charakterlosesten Schlusslicht in einer Pferdeherde! Und ausgerechnet sie verlangt sie von mir, dass ich ihr blindlings in eine unbekannte Wildnis folge? Die ist ja wohl nicht ganz bei Trost!

„Voll ... krass!" Keuchend liegt der Hund auf dem Rücken.

„Guten Tag."

Das ist ja Irina! Wo kommt die denn her?

Ich wende den Kopf.

Tatsächlich, da steht sie, diesmal ohne ihre Tochter.

Ihr Anblick tut mir richtig gut. Vielleicht weil sie trotz des lächerlichen Theaters der Lady ganz ruhig dasteht und mit ihrer rechten Hand den atemlosen Pollux streichelt. Der hat sich mit letzter Kraft wieder auf die Beine gekämpft und drückt seinen Kopf an ihre Knie.

Meine merkwürdige Besitzerin hat Irina wohl auch gerade erst bemerkt, denn sie sieht sie total verdattert an. „Ja, äh ... hallo."

Offenbar ist ihr völlig klar, dass sie sich lächerlich gemacht hat. Ihre Stimme klingt nämlich ziemlich verlegen, und für einen Wimpernschlag sieht sie Irina beschämt von unten nach oben an. Doch dann richtet sie sich wieder zu ihrer vollen Größe auf und strafft ihre Schultern.

„Als ob ihr das jetzt noch was nutzen würde. Irina hat doch längst kapiert", ätzt mein Hundefreund.

„Es wurde wirklich höchste Zeit, dass ich Meisje mal die Meinung geige", rechtfertigt sich die Lady, obwohl niemand sie kritisiert hat. „Sie glaubt nämlich, sie könne den Molly mit mir machen."

„Weil sie nicht mit Ihnen gehen will?", hakt Irina nach.

„Warum denn sonst?" Meine Besitzerin klingt auf einmal ziemlich arrogant. „Schon bei einer solchen Kleinigkeit wie einem Spaziergang meint sie, dass sie mir nicht mehr gehorchen muss. Das gehört ja wohl bestraft! Wie soll das denn später werden, wenn ich jetzt nicht angemessen reagiere?"

„Angemessen reagieren? Dass ich nicht lache!", grummelt Pollux.

„Ich glaube nicht, dass dieser Spaziergang für Meisje eine Kleinigkeit ist", widerspricht Irina. „Eher denke ich, dass sie sich fürchtet."

Die Lady kichert blöde. „Ach ja? Vor was soll sie denn Angst haben? Da draußen ist doch nichts."

„Das stimmt schon", bestätigt Irina. „Aber sie kennt sich hier noch gar nicht aus. Ihrer Meinung nach könnte da draußen alles Mögliche auf Sie beide lauern: Fallen, Sümpfe, Raubtiere …"

„So ein Unsinn!" Meine Besitzerin reckt das Kinn.

Irina zuckt die Achseln. „Wenn Sie meinen …"

Sie will sich herumdrehen und weggehen, doch da tönt die Lady: „Wenn Sie es besser können, dann beweisen Sie es mir doch! Gehen Sie mit Meisje spazieren."

Nachdenklich sieht Irina zuerst sie, dann mich an. Schließlich sagt sie: „Okay."

Mit wohltuend entspannter Körperhaltung und ruhigen Schritten kommt sie auf mich zu und nimmt den Führstrick. „Hallo, meine Kleine", begrüßt sie mich freundlich und hält mir ihre Hand zum Schnuppern hin.

Hach, ich liebe diesen klaren, sauberen Geruch nach Mensch, der nur durch den Duft nach Hund und nach frischem Heu durchsetzt ist!

Sie krault mir die Mähne, genau an der Stelle, an der ich es besonders gerne mag. Ich recke den Hals und schiebe die Oberlippe vor, weil sich das so wunderschön anfühlt.

Eher zufällig fällt dabei mein Blick auf die Lady. Mit vor der Brust verschränkten Armen steht sie da, und ihr steht fast auf die

Stirn geschrieben, dass sie denkt: „Mit so einem Blödsinn wie Freundlichkeit und Streicheln kriegst du Meisje ganz sicher nicht von der Stelle."

Ob Irina das nicht gesehen hat? Jedenfalls klopft sie mir den Hals, dann packt sie den Strick fester und sagt nur: „Komm!"

Soll ich wirklich? Sie klingt so locker, und sie wirkt so unglaublich stark ...

Aber ich kenne sie doch kaum, eigentlich sogar noch weniger als die müffelnde Lady! Andererseits kann ich sie deutlich besser leiden.

Vor meinem inneren Auge sehe ich Minchen, die glücklich und strahlend vor Stolz neben ihr steht.

Ich hab mich immer noch keinen Schritt von der Stelle bewegt. Und der Blick, mit dem die müffelnde Lady auf Irina herabsieht, wird immer überheblicher. Die schaut mich trotzdem immer noch freundlich an. Dann sagt sie noch einmal: „Na komm!"

Mein Herz klopft immer noch wie wild, doch ich fasse einen Entschluss: Ja, ich werde Irina eine Chance geben. Weil sie so geduldig ist, weil ich spüre, dass sie mich wirklich mag, und vor allem weil ich mich bei ihr ganz sicher fühle. Eigentlich weiß ich gar nicht, warum, doch ich bin jetzt felsenfest davon überzeugt, dass sie mich beschützen wird. Sogar wenn sich ein zähnefletschendes Monster auf mich stürzt, wird sie sich vor mich stellen, und sie wird das Ungeheuer allein durch die Kraft ihrer Tapferkeit vertreiben.

Ich atme tief durch und setze ich mich in Bewegung.

„Braaav!", lobt sie mich und legt mir die Hand auf den Nacken.

Der Lady fallen fast die Augen aus dem Kopf. Sie steht da wie zur Salzsäule erstarrt. Aber das kümmert mich nicht.

Sie regt sich erst wieder, als wir das große Tor beinahe erreicht haben. Langsam, fast wie im Traum, tapst sie hinter uns her.

Doch sie stört mich nicht mehr. Denn mich führt Irina, und bei ihr wird mir nichts passieren. Sogar meine merkwürdige Besitzerin wird mir jetzt nichts mehr tun.

3
HERZENS-ANGELEGENHEITEN

In gemütlichem Schritt gehen wir durch das Tor, dann weiter über einen langen geteerten Weg, an dem viele hohe Bäume stehen.

Jetzt werde ich aber doch nervös. Ängstlich spiele ich mit den Ohren, und ich schnaufe unsicher, denn rechts und links von uns steht dichtes Gebüsch. Wer weiß schon, was dahinter auf uns lauert?

Aber Irina lächelt nur. „He, du kleines Angsthäschen, da ist doch nichts – kein Wolf und erst recht kein pferdemordendes Monster. Du kannst dich auf mich verlassen."

Woher weiß sie denn, was ich denke? Und warum hatte dann die Lady eben keine Ahnung? Diese Frau muss wirklich sehr, sehr dumm sein. Irina ist mit Sicherheit viel klüger. Bestimmt weiß sie auch, was hinter den Sträuchern los ist. Darum fürchte ich mich jetzt auch nicht mehr ganz so sehr.

Trotzdem lausche ich angestrengt, wittere mit aufgerissenen Nüstern und schaue mich vorsichtig nach allen Seiten um. Aber ich kann immer noch keine gefräßigen Ungeheuer entdecken. Stattdessen fällt mir zum ersten Mal auf, wie hell die Sonne scheint und wie strahlend blau der Himmel ist. Über uns in den Zweigen singen die Vögel, bestimmt werden sie bald ihre Nester bauen. Und auf den Wiesen rechts und links blühen die ersten Blumen.

Oha, diesen Geruch kenne ich doch! Neugierig hebe ich den Kopf und spitze die Ohren.

Ja, dort hinten grasen Minchen und Eddie. Erfreut beginne ich zu tänzeln und wiehere ihnen laut zu.

Sie schauen auf und antworten mir fröhlich.

Irina lacht. „Warte mal ab, bald stehst du mit ihnen auf der Weide. Und in ein paar Wochen wird dir das frische Gras fast bis zum Bauch wachsen."

Glücklich stupse ich sie mit der Nase an. Wenn sie das sagt, muss es nämlich stimmen.

„Am liebsten möchtest du sofort zu deinen Freunden, oder?", fragt sie und streichelt mir über die Nüstern.

Na klar! Aber bei dir ist es auch nicht schlecht, denke ich.

Doch dann spitze ich schon wieder die Ohren. Da ist ein Geräusch, noch weit entfernt. Aber es kommt eindeutig näher. Ich glaube ... nein, ich bin mir sogar sicher, dass es ein Auto mit einem Pferdeanhänger ist, das in zügigem Tempo auf uns zurollt. Wer weiß, vielleicht kommt Günther ja doch noch zurück, um mich abzuholen ...?

Aufgeregt bleibe ich stehen und fixiere die Straße, die nur wenige Meter vor uns über einen Hügel führt.

„Sehen Sie, jetzt will Meisje auch bei Ihnen nicht mehr weiter", behauptet die müffelnde Lady hinter mir in triumphierendem Ton.

„Na ja." Irina ist immer noch vollkommen entspannt. „Ich glaube eher, sie hat etwas gehört, das ihr zu denken gibt."

„Sie soll nicht denken, sie soll gehorchen", tönt meine herzlose Besitzerin.

Irina antwortet nicht, weil gerade auf der Kuppe des Hügels das Auto auftaucht.

Tatsächlich, es zieht einen Pferdeanhänger! Doch es ist leider nicht Günthers Wagen.

Abgrundtief enttäuscht senke ich den Kopf und stoße einen tiefen Seufzer aus.

„Wir beide gehen wohl besser ein bisschen zur Seite", murmelt Irina und drückt mich sanft auf den Grasstreifen am Wegesrand.

Ich gehorche ihr eher widerwillig, denn durch den Gestank von Abgasen und aufgewirbeltem Schmutz dringt ein faszinierender Geruch zu mir herüber. Den habe ich nicht mehr gerochen, seit Günther mich hierher gebracht hat. Ich glaube, in dem Pferdeanhänger steht ein Hengst!

Aufgeregt stoße ich ein lautes Wiehern aus.

In einer mächtigen Staubwolke rollt der Wagen laut brummend an uns vorüber, trotzdem höre ich klar und deutlich eine Antwort.

Oh Mann, was hat dieses Pferd für eine Stimme! Sie ist tief und kräftig und so eindeutig männlich, dass mir ein Schauer über den Rücken läuft. Mit aufgerissenen Augen schaue ich hinter dem Anhänger her und erhasche einen Blick auf ein kräftiges, dunkles Pferde-Hinterteil und einen geschwungenen Hals mit einer dichten, langen Mähne.

„Komm, Meisje, es geht weiter", fordert mich Irina auf. Mein Strick spannt sich, darum schaue ich zu ihr hinüber und sehe, dass sie schon losgegangen ist. Weil ich nicht will, dass sie sich über mich ärgert, schließe ich eilig zu ihr auf. Aber meine Gedanken sind immer noch bei dem Hengst, bei seiner unglaublich schönen, tiefen Stimme und seinem verführerischen Duft.

Hat sie das etwa gemerkt? Sie kichert nämlich, dann flüstert sie mir zu: „Du schlaues Mädchen hast schon gewittert, dass in dem Anhänger ein Hengst ist, oder? Nun verrate ich dir etwas: Er soll ein ganz toller Kerl sein, ein reinrassiger Spanier, also ein Pura Raza Española. Wie findest du das, hm?"

Rassen sind Menschenkram. Mir sind sie einfach nur egal. Hauptsache, der Hengst ist hübsch und stark, charmant und mutig!

Huch! Fast wäre ich über einen dicken Ast gestolpert, der auf dem Weg liegt. Prompt ertönt es von hinten: „He, passen Sie gefälligst auf mein wertvolles Pferd auf!"

Am liebsten würde ich nach hinten austreten.

Irina passt doch auf mich auf, und wie!, denke ich. Das macht sie sogar viel besser als du!

Sie scheint das dumme Gerede aber gar nicht registriert zu haben, denn sie lächelt mich immer noch an und sagt leise zu mir: „Ich glaube, unser kleines Stütchen hat sich Hals über Kopf verliebt."

Na gut, das ist nun doch etwas übertrieben. Ich kenne diesen Hengst ja noch gar nicht. Allerdings war sein Geruch wirklich … Also, ich weiß gar nicht, was er mit mir gemacht hat, aber jetzt bin ich plötzlich ganz unruhig. Immer wieder werfe ich den Kopf oder schlage mit dem Schweif, konzentrieren kann ich mich auch kaum. Dabei will ich mir doch Mühe geben!

Ja länger Irina und ich miteinander unterwegs sind, desto mehr komme ich wieder zur Ruhe. Irgendwann registriere ich wieder das Piepen der Vögel, spüre den Wind, der mit meiner Mähne spielt, und lausche auf Irina, die oft leise mit mir spricht.

Irgendwann biegen wir nach links auf einen Feldweg ab, der zwischen Wiesen an einem gewundenen Bach entlangführt. Dann geht es durch ein düsteres Wäldchen voller hoher, dicht stehender Tannen. Ich hab trotzdem keine Angst – weil Irina bei mir ist!

Als wir wieder aus dem Wald hinaustreten, erkenne ich in einiger Entfernung das Gut Mühlwinklhof.

Nein!

Ich bleibe stehen und schüttle ärgerlich den Kopf. Unser Spaziergang ist so schön, er darf noch nicht aufhören!

Da rieche ich das scheußliche Parfüm.

Oha, die Lady!, registriere ich leicht verwirrt, denn ich hatte sie total vergessen.

Nun taucht sie schon neben uns auf. „Ist ja erstaunlich gut gelaufen", erklärt sie, doch ihrer verkrampften Miene kann ich ansehen, dass ihr dieses Lob ziemlich schwerfällt.

„Das war wirklich okay", antwortet Irina. „Sie haben ein feines Pferd. Die Kleine muss nur noch richtig erwachsen werden." Und zu meinem unendlichen Schrecken gibt sie der müffelnden Lady den Führstrick.

Bitte nicht!, denke ich.

Doch neben mir strafft sich meine Besitzerin und marschiert mit wild entschlossenem Gesichtsausdruck los.

Will ich, dass sie noch mal ausflippt? Nein. Sie hat mir doch schon gezeigt, dass sie eine total unfähige Anführerin ist. Also muss sie mir das nicht noch mal beweisen. Dann fällt mir gerade wieder ein, dass auf dem Mühlwinklhof vielleicht der Hengst auf mich wartet, und ich möchte ihn unbedingt näher kennenlernen. Außerdem ist Irina immer noch bei mir, und solange sie da ist, brauche ich keine Angst zu haben.

Der Strick spannt sich, und ich gehe hinter der Lady her.

Sie legt ein ziemliches Tempo vor, was den Vorteil hat, dass ich ohne Probleme hinter ihr bleiben kann und so ihrer Parfümwolke halbwegs entgehe. Irina dagegen läuft schräg neben mir.

Ob sie lieber in meiner Nähe ist als bei meiner Besitzerin?, frage ich mich. Die beiden sprechen ja auch kaum ein Wort miteinander.

Noch zweimal biegen wir nach links ab, dann nähern wir uns wieder dem Tor des Mühlwinklhofes.

Nun kann ich den faszinierenden Duft des Hengstes wieder klar und deutlich riechen. Der Geruch teilt mir mit, dass er noch recht jung und sehr gesund ist, stark und selbstbewusst und … Ach, ich kann nicht mehr anders, ich muss ganz laut nach ihm rufen.

„He!", brüllt die Lady und hebt drohend ihre Hand, als wolle sie mir wieder auf die Nüstern schlagen. Dabei hab ich doch nur gewiehert!

Aber ich rege mich nicht weiter darüber auf, weil ich ganz andere Sachen im Kopf habe. Gerade gehen wir durch das Tor … und dann kriege ich ihn endlich zu Gesicht.

Wenigstens den oberen Teil seines Körpers. Wie bei meiner Ankunft ist jetzt nämlich auch sein Paddock von einer Traube Zweibeiner umringt. Und sie starren auch ihn so an, als hätten sie noch nie ein Pferd gesehen. Trotzdem weiß ich schon jetzt, dass er der schönste Kerl ist, den ich je gesehen habe. Das will etwas heißen, denn bei Günther wohnen jede Menge Hengste.

Mit hoch erhobenem Kopf steht er in seinem Paddock, und er sieht mich mit gespitzten Ohren an.

Mein Herz pocht wie wild. Während ich der Lady widerwillig über den Hof zu meinem Stall folge, muss ich mich immer und immer wieder nach ihm umschauen.

Er ist nicht übermäßig groß. Doch wie muskulös er mit seinem kräftigen Hals und seiner runden Kruppe ist, und was für ein schönes, glänzendes, pechschwarzes Fell er hat! Seine gewellte Mähne ist so lang, dass sie bis auf seine Schulter fällt. Und erst seine Augen ... Riesengroß sind sie und ganz dunkel.

Ob er mich auch mag?

Da ruft er mich, laut und durchdringend, und dabei steigt er auf seine Hinterbeine. „He, du schönes Mädchen! Wohnst du etwa auch hier?"

„Ja, aber erst seit ein paar Tagen", grummle ich, weil die Lady ja aus unerfindlichen Gründen nicht will, dass ich wiehere.

Er antwortet, diesmal mit jenen tiefen, leisen Tönen, mit denen nur Hengste sprechen: „Prima. Dann sehen wir uns ja noch oft."

In Wirklichkeit sehen wir uns sogar ständig, denn unsere Ställe liegen einander gegenüber. Fast den ganzen Abend stehe ich am Zaun und schaue ihn an, beinahe hätte ich sogar mein Futter vergessen. Nur beiläufig bemerke ich, dass Minchen und Eddie irgendwann von der Weide zurückkommen.

Auch der schwarze Hengst kann seine Augen kaum von mir nehmen. Als es dunkel wird und wir uns nicht mehr sehen können, wiehern wir uns immer wieder zu. Er erzählt mir von den trockenen, heißen Weiten Spaniens, in denen er aufgewachsen ist, und dass die Zweibeiner ihn Mago Nero nennen. Ich berichte ihm von Günther und von seinem Hof in dem flachen Land nahe der holländischen Grenze, der so entsetzlich weit von hier entfernt ist.

Das geht so lange, bis Eddie aus seiner Box getrabt kommt. „Herrgott noch mal, was ist denn hier los?", schimpft er. „Verknallt sein ist ja schön und gut, aber ihr macht so einen Krach, dass dabei kein Pferd schlafen kann. Jetzt ist aber endgültig Schluss damit! Morgen muss ich nämlich wieder Holz rücken, und wie soll ich das machen, bitte schön, wenn ich in dieser Nacht kein Auge zutun kann?"

„Nun sei mal nicht so streng! Wir waren doch auch mal jung", höre ich Minchens Stimme von der anderen Seite.

Brummend verzieht er sich wieder in seine vier Wände.

Trotzdem hab ich ein schlechtes Gewissen. Eddie war immer so nett zu mir. Und ich war gerade wirklich rücksichtslos, weil ich alles um mich herum vergessen hatte.

„Entschuldigung", grummle ich kleinlaut.

„Schon gut", höre ich ihn durch die hölzernen Wände seiner Box.

„Excusa!", wiehert nun auch Mago Nero. Und das ist leider das Letzte, was ich an diesem Abend von ihm höre.

In dieser Nacht schwebe ich wie auf Wolken. Ich denke immer nur an ihn: an sein glänzendes Fell, an seine unbändige Kraft und an seine wunderschönen Augen. Als ich endlich einschlafe, träume ich sogar von ihm. Gemeinsam galoppieren wir über eine riesige grüne Wiese, wir springen über einen gluckernden Bach und dann …

„'n Morgen, Meisje!" Max' fröhliche Stimme ist so laut, dass sie mich aus dem Schlaf reißt.

Hach, denke ich, als ich die Augen öffne und sehe, wie er mit dem Futtereimer in der Hand zu meiner Krippe geht. Muss er mich denn ausgerechnet jetzt stören, wo es am allerschönsten war?

„Na, du Schlafmütze?", meint er mit gerunzelter Stirn. „Was ist denn los mit dir? Sonst bist du um diese Zeit doch immer hellwach."

Er leert den Eimer aus, dann inspiziert er mich besorgt. „Geht's dir etwa nicht gut?"

Oh doch, sehr gut sogar! Aber das kann ich ihm leider nicht sagen. Darum stehe ich jetzt wohl besser auf, damit er sieht, dass ich nicht krank bin.

Verschlafen komme ich auf die Beine, gehe zur Futterkrippe und beginne sofort zu fressen. Trotzdem steht er noch einige Zeit mit verschränkten Armen neben mir und beobachtet mich. Doch irgendwann meint er: „Scheint ja doch alles in Ordnung ..."

„Heee! Ich hab auch Hungeeer! Gleich muss ich doch arbeiteeen!", wiehert Eddie von nebenan.

Er lacht. „Ist ja gut, du Vielfraß! Ich komme schon." Dann klopft er mir kurz auf die Kruppe und verlässt er den Stall.

Als ich aus meiner Box komme, scheint wieder die Sonne. Minchen und Eddie sind wohl immer noch mit Fressen beschäftigt. Überhaupt ist außer mir noch kein einziges Pferd draußen, Mago Nero leider auch nicht.

Während ich sehnsuchtsvoll zu seinem Stall hinüberschaue, kommt Kater Streif zu mir. Mit einem eleganten Satz springt er über die unteren Stäbe des Gatters, dann streicht er mir um die Beine. „Guten Morgen, Meisje."

„Hallo", begrüße ich ihn.

„Ich soll dich von Mago Nero grüßen", schnurrt er.

Mein Herz macht einen Hüpfer. „Wirklich?"

„Mhm." Er setzt sich hin und putzt hingebungsvoll sein linkes Hinterbein.

„Ja und?", drängle ich.

Seine goldenen Katzenaugen schauen mich an. „Was soll denn sein? Es geht ihm gut. Er frühstückt gerade. Und er ist wirklich ein Hübscher, das muss ich schon zugeben."

„Hat er sonst noch was gesagt?", hake ich ungeduldig nach.

Streif wendet sich wieder seinem Bein zu. „Isch soll disch halt grüschen", nuschelt er, während seine Zunge wieder und wieder über sein Fell fährt. „Hab isch ja auch gemacht."

Inzwischen bin ich so verärgert, dass ich ihn am liebsten kräftig gezwickt hätte. Aber mit einer Stallkatze darf man es sich ja nicht verderben.

Aufgeben werde ich trotzdem nicht. „Das kann doch nicht alles gewesen sein", hake ich nach.

„Wir hatten nischt viel Tscheit", erklärt er zu meiner grenzenlosen Enttäuschung. „Isch war nämlisch auf Mäuschejagd. Erfolgreich. Hat gut geschmeckt."

Jetzt siegt bei mir endgültig der Frust, und ich stupse ihn mit der Nase an. Mein kleiner Stoß fällt aber so kräftig aus, dass er ein Stückchen über den Boden kugelt.

Als er wieder auf die Beine kommt, wirft er mir einen beleidigten Blick zu und steuert das Gatter an.

„Entschuldigung, war nicht so gemeint. Echt nicht!", rufe ich ihm nach, doch da ist er schon draußen.

„Ach ja, hätte ich fast vergessen: Ich soll dir ausrichten, dass du die schönste Stute bist, die er je gesehen hat", maunzt er mir über die Schulter zu. Dann wendet er sich Minchens Stall zu.

Ich stehe da wie vom Donner gerührt, und mein Herz klopft wieder wie wild. Hat Mago Nero das etwa wirklich gesagt? Dann muss ich ihm wirklich sehr gut gefallen. Fragt sich nur: Warum hat Streif mir das nicht sofort erzählt? Könnte es tatsächlich sein, dass er das nicht so wichtig fand? Oder hat es ihm Spaß gemacht, mich auf die Folter zu spannen? Vielleicht hat er das Ganze ja auch nur erfunden, weil er mir eine Freude machen wollte.

Ach, versteh einer die Katzen!

Ratlos sehe ich zu, wie er gemütlich durch den Nachbarpaddock tigert und dann in Minas Box verschwindet. Kurz darauf höre ich das entsetzte Quieken einer Maus.

Die Nagetiere haben hier garantiert ein hartes Leben, denke ich und will mich abwenden, um nachzusehen, ob ich in meiner Krippe noch ein paar Körnchen vergessen habe. Doch ich hab mich noch nicht ganz herumgedreht, da höre ich ein lautes Wiehern.

Mago Nero!

Ich antworte ihm, so laut ich nur kann.

„Geht das schon wieder los?", mosert Eddie.

„Halt 's Maul, du alter Nörgler! Gönn ihnen den Spaß doch einfach. Bist du denn niemals jung gewesen?", schimpft Minchen.

„Jung ja, aber nicht rücksichtslos", behauptet er gnadenlos.

Das beeindruckt sie kein bisschen. „Dein Gedächtnis spielt dir einen Streich."

Eddie sagt nichts mehr. Aber ich kann hören, dass er mit seinem Maul in der Krippe rumort.

Stattdessen meldet sich Mago Nero wieder, doch seine Stimme ist jetzt wesentlich leiser. Es redet mit den typischen, tiefen Hengstlauten. Diesmal jedoch klingen sie unglaublich zärtlich.

„Hast du gut geschlafen?", fragt er.

Es fühlt sich fast so an, als würde seine Stimme zärtlich über mein Fell streicheln. Ich schließe die Augen und antworte: „So gut wie noch nie."

„Wunderbar", meint er. „Von mir kann ich das nicht sagen, denn ich bin immer wieder wach geworden und hab gelauscht, ob ich dich hören kann."

„Hätte ich das nur gewusst!", hauche ich. „Dann wäre ich nach draußen gekommen, und wir hätten uns im Mondlicht angeschaut."

„Hach! Ich schmelze dahin", seufzt Eddie theatralisch.

„Ruhe, du Spaßverderber!", grollt Minchen. „Gerade hatte ich mich so schön in meine Jugendzeit bei Irinas Eltern zurückgeträumt. Im Frühjahr und im Sommer durfte ich nämlich immer mit dem Haflingerhengst der Nachbarn auf der Weide stehen. Sechs bildschöne Fohlen hab ich von ihm bekommen. Das war eine tolle Zeit!"

„Hörst du's, Eddie?", unterstützt sie Pollux, der gerade vor meinem Paddock auftaucht. „Verglichen damit haben's Meisje und Mago Nero ja wohl richtig schwer. Sie dürfen nur aus der Ferne miteinander flirten. Gönn ihnen doch wenigstens das!"

„Schon gut. Weitermachen!", brummt der Wallach.

Aber daraus wird leider nichts. Gerade kommt nämlich Max wieder auf den Hof. Er holt zuerst Minchen, dann mich aus dem Stall.

„Hast du eine Ahnung, was er mit uns vorhat?", frage ich die alte Haflingerstute.

„Ich denke schon", erklärt sie. „Um diese Zeit bringt er Eddie und mich nämlich immer auf die Weide. Wahrscheinlich darfst du heute zum ersten Mal mit mir mitkommen. Eddie, der alte Miesepeter, muss heute ja Holz rücken."

Oh ja, endlich wieder ganz viel Platz zum Galoppieren, Toben und Wälzen! Dann kann ich mit Minchen Fellkraulen spielen und überhaupt wie ein Pferd leben ...

„He! Nicht so ungeduldig, kleine Friesenstute!", ermahnt mich Max, weil ich zu tänzeln angefangen habe. Aber seine Stimme klingt verständnisvoll.

Trotzdem nehme ich mich zusammen, aber nur ihm zum Gefallen. In ruhigem Schritt gehe ich weiter, aber dabei schnaufe ich vor lauter Vorfreude und spiele aufgeregt mit den Ohren.

Tatsächlich führt uns Max durch das Tor und dann ein Stück über den geteerten Weg. Heute zögere ich kein bisschen, denn erstens kenne ich mich hier jetzt schon ein wenig aus, zweitens habe ich großes Vertrauen in Max, und drittens ist Minchen bei mir.

„Siehst du? Ich hab recht gehabt", freut sie sich, als wir zu einer mit Holzbalken umfriedeten Weide abbiegen. Max bindet uns kurz am Zaun fest und öffnet das Tor.

Frisches Gras, duftende Kräuter, Freiheit! Ich blähe die Nüstern und scharre mit dem Vorderhuf.

„Ist doch gut, es geht ja gleich los", beruhigt mich Max, der eilig zurückkommt und uns losmacht.

Wenn Mina nicht so gelassen wäre, könnte ich mich jetzt mit Sicherheit nicht mehr beherrschen. Einfach losrennen, über diese herrliche, riesengroße Wiese ... Die Versuchung ist unglaublich groß. Trotzdem bleibe ich brav stehen, damit Max mich ungestört losmachen kann. Dann geht's endlich los! Einmal ... zweimal ... dreimal springe ich vor Freude mit allen vieren in die Luft, feuere mit den Hinterbeinen aus und quietsche vor Vergnügen.

Minchen folgt mir ein kurzes Stück im Trab. Doch dann bleibt sie stehen und sieht zu, wie ich am anderen Ende der Weide kurz vor dem Zaun eine Vollbremsung mache, scharf wende und in vollem Tempo zu ihr zurückkehre. Kurz vor ihr stoppe ich so heftig, dass ich fast auf meiner Hinterhand zu ihr hinrutsche.

„Ja, ja, die Jugend", seufzt sie wehmütig. „So was machen meine alten Knochen leider nicht mehr mit. Trotzdem: Über ein paar Stunden auf der Weide freue ich mich immer noch genauso wie früher."

„Na klar", schnaufe ich, senke meinen Kopf und beschnuppere das Gras. Wie herrlich es duftet! Die Weiden bei Günther waren wirklich nicht schlecht, aber hier riecht es noch besser. Bestimmt liegt das an den vielen Kräutern, die überall zwischen den grünen Halmen wachsen. Manche kenne ich noch gar nicht. Mal probieren ...

Hmm, das schmeckt aber gut! Ich zupfe das nächste Büschel ab, dann das übernächste.

Als ich wieder aufschaue, sehe ich Max, der gemütlich zurück zum Hof spaziert.

Eine Zeit lang genieße ich das wunderbare Gras, und zwischendurch gehe ich ein paarmal zu dem schmalen Bach, der durch die Wiese fließt. Einmal treffe ich dabei einen Frosch, der bei meinem Anblick erschrocken ins Wasser hüpft und eilig davonpaddelt. Dann wieder sehe ich eine Bachstelze, die mit wippendem Schwänzchen auf einem Ast am Ufer hockt und mich mit lautem „Dschiwid!" begrüßt. Erst als ich zum dritten Mal zum Bach spaziere, habe ich genug Muße, um mich gründlich auf der anderen Seite des Zaunes umzuschauen.

Aha. Dort hinten liegt das Tannenwäldchen, durch das ich gestern mit Irina spaziert bin. Außerdem sind da ganz viele Wiesen, ein paar Felder, und ... Ja, was ist denn das? Dort hinten ist eine riesige blaue Fläche, hinter der ich, weit entfernt, die Berge sehe. Ist das etwa ein gigantischer See?

„Kommst du mal her?", bitte ich Mina.

Die setzt sich sofort in Bewegung.

„Ist das da hinten wirklich alles Wasser?", frage ich, als sie fast bei mir angekommen ist.

„Aber ja", antwortet sie. „Die Zweibeiner nennen es den Chiemsee. Irina sagte mal, er wäre der größte See in der ganzen Gegend. An seinem Ufer gibt es ein paar wunderbar seichte Buchten. Wenn es im Sommer richtig heiß ist, geht sie dort öfter mit mir baden. Das ist so herrlich kühl, und es macht immer großen Spaß."

Ihre Augen leuchten, wie immer, wenn sie von ihren Menschen spricht.

Das gibt mir einen Stich. Denn seit ich mit ihr auf der Weide bin, hab ich kein einziges Mal an die müffelnde Lady gedacht. Doch nun wird mir wieder mit aller Macht klar, dass ich ihr Eigentum bin. Wahrscheinlich wird sie auch heute wieder bei mir aufkreuzen, und ich hab keine Ahnung, was sie diesmal mit mir vorhat. Doch es wird mir bestimmt wieder keinen Spaß machen. Und ich habe nicht mal einen Funken Hoffnung, dass sie mit mir im Chiemsee schwimmen gehen wird, weder heute noch im nächsten Jahr oder sonst irgendwann.

„Was ist denn plötzlich los mit dir?", fragt Mina besorgt.

„Ich hab an meine Besitzerin gedacht", erkläre ich bedrückt.

Traurig sieht sie mich an. „Na komm, die ist doch gar nicht hier. Warum lässt du dir ausgerechnet jetzt die Laune verderben, wo du zum ersten Mal mit mir auf der Weide bist? Genieß es einfach! Vielleicht kommt sie heute gar nicht, weil sie eine Erkältung hat oder einen verstauchten Fuß oder sonst ein Zipperlein. Dann bleibt sie dir sogar für die nächsten paar Tage erspart."

„Du hast recht", gebe ich zu, drehe mich entschlossen um und senke den Kopf, um wieder das herrliche Gras zu genießen.

Doch egal, wie schön es hier ist, die müffelnde Lady geht mir nicht aus dem Kopf. Je mehr ich über sie nachdenke, umso klarer wird mir, dass ich in einem üblen Dilemma stecke: Ich will nicht ihr Pferd sein, ganz sicher nicht. Aber nun will ich auch nicht mehr Himmel und Hölle in Bewegung setzen, damit sie mich verkauft. Dann müsste ich nämlich weg von hier, und das wäre schlimm – wegen Mago Nero, dem charmanten, wunderschönen Hengst. Was soll ich denn bloß machen?

Meine Gedanken drehen und wenden sich um diese Frage, manchmal vergesse ich deswegen sogar das Fressen. Inzwischen steht allerdings auch schon die Sonne am Himmel, und ich bin ziemlich satt. Es wundert mich kein bisschen, dass Minchen mich irgendwann fragt: „Wie wäre es mit einem Schläfchen?"

„Na klar", stimme ich ihr zu.

„Schau mal, dort hinten fällt der Schatten des großen Nussbaumes von der Nachbarweide auf unsere Wiese herüber", meint sie. „Da stelle ich mich immer hin, wenn ich ein bisschen dösen möchte."

„Prima", erkläre ich, und wir setzen uns in Bewegung. Eher beiläufig fällt mein Blick dabei auf den Chiemsee, und prompt sehe ich vor meinem inneren Auge, wie Mina mit Irina auf ihrem Rücken in das kühle, flache Wasser geht, tiefer und immer tiefer. Dabei patscht sie öfter mit einem Vorderbein ins Wasser, sodass es nach allen Seiten spritzt. Irina wird klatschnass, aber sie lacht nur.

Plötzlich durchfährt mich ein Gedanke wie ein Blitz. Aber ja, das ist die Lösung! Irina soll mich kaufen! Minchen ist schon so alt, dass man sie mit Sicherheit nicht mehr lange reiten kann. Bald muss also Nachwuchs her, und der könnte ich sein.

Mein Herz pumpt Freude und immer mehr Freude durch meine Adern, bis ich mit wilden Sprüngen losrenne.

Als ich zu Mina zurückgaloppiere, blitzen ihre Augen amüsiert. „Was ist denn in dich gefahren? Man könnte meinen, dich würde der Hafer stechen. Dabei hast du nur Gras gefressen."

„Ich hab eine super Idee", schnaufe ich. „Jetzt weiß ich nämlich, wer mich kaufen soll: deine Irina."

Nun hören ihre Augen auf zu leuchten, und sie schlägt angespannt mit dem Schweif.

Oh je, hab ich sie mit meinem Vorschlag vielleicht verletzt? Aber sie gibt doch ganz offen zu, dass sie nicht mehr topfit ist. In ihrem Alter ist so was ja auch keine Schande, viele Pferde werden gar nicht so alt wie sie, überlege ich, während wir den Schatten des Nussbaumes erreichen und uns ein schönes Plätzchen suchen.

„Es war also doch keine so gute Idee, oder?", frage ich.

Sie seufzt. „Im Grunde schon. Aber Irina kann leider, leider deinen Kaufpreis nicht bezahlen und die Stallmiete für ein zweites Pferd erst recht nicht. Der Vater ihrer Tochter hat sie nämlich verlassen, nachdem sie ihm gesagt hatte, dass sie schwanger war. Ihr eigener Vater war damals schon tot, und ihre Mutter war schwer krank. Inzwischen ist sie im Pflegeheim. Die Familie hat ihren kleinen Bauernhof verkaufen müssen, damit sie das Heim bezahlen kann. Tja, und jetzt schlägt sich Irina mit einer halben Arbeitsstelle mehr schlecht als recht durch. Sie muss sich ja auch noch um die kleine Marie kümmern, darum hat sie keine Zeit, um den ganzen Tag zu arbeiten. Ich hab nicht die geringste Ahnung, wie sie es schafft, meine Stallmiete zu bezahlen. Vermutlich macht Max ihr einen Sonderpreis, weil er sie so gut leiden kann. Und natürlich weiß er auch, was es für ein so altes Pferd wie mich bedeuten würde, wenn sie mich verkaufen müsste."

„Ich kann's mir auch lebhaft vorstellen", gebe ich betroffen zu.

„Das konntest du aber alles nicht wissen", fährt sie fort. „Ich würde meiner Irina ja auch wirklich, ehrlich wünschen, dass sie sich noch ein zweites Pferd kaufen könnte. Sie kann nämlich sehr gut reiten. Stell dir vor: Als ich jünger war, konnte ich sogar piaffieren. Wir sind zusammen über Hindernisse gesprungen und über endlos lange Stoppelfelder galoppiert …" Nun scheint sich ihr Blick ins Unendliche zu verlieren. Wahrscheinlich träumt sie von der Vergangenheit, vielleicht von tollen Ausritten mit Irina oder von ihrer Zeit mit dem schönen Haflingerhengst und ihren hübschen Fohlen. Allmählich werden ihre Lider jedoch immer schwerer, dann ist sie eingeschlafen.

Ich dagegen komme nicht zur Ruhe.

Warum ist das Leben so ungerecht?, frage ich mich ein ums andere Mal. Warum hat ausgerechnet die müffelnde Lady genug Geld, um mich zu kaufen, obwohl ihr etwas anderes, viel Wichtigeres fehlt? Ich weiß nicht genau, wie ich es nennen soll. Vielleicht „Verständnis für Pferde" oder einfach nur: ein gutes Herz?

4

STRAFE MUSS SEIN ...

„Meisje!"

Huch! Verdutzt spitze ich die Ohren, denn das war eindeutig die Stimme der Lady!

„Meis-jeee!!!"

Jetzt klingt sie schon richtig ungeduldig. Widerwillig hebe ich den Kopf und sehe mich nach ihr um.

Sie geht gerade über die Straße zu unserer Weide. Fragt sich bloß: Was will die jetzt schon hier? Es kann doch höchstens später Mittag sein.

Aber nein, die Sonne steht schon ziemlich tief. Es muss erheblich später sein, als ich gedacht habe. Vielleicht hab ich ja doch ein bisschen gedöst.

„Nun beweg dich endlich!", kommandiert die Lady unwirsch. „Komm her, und zwar ein bisschen plötzlich!"

Sie verlangt, dass ich zu ihr gehe? Von wegen! Wenn sie was von mir will, soll sie mich gefälligst holen.

„Ich würde ihr gehorchen, wirklich", ermahnt mich Mina in verschlafenem Ton. „Sonst ist sie schon sauer, bevor ihr überhaupt mit dem Arbeiten anfangt. Das kriegst du mit Sicherheit zu spüren."

Da hat sie auch wieder recht. Na, wenn's denn unbedingt sein muss, setze ich mich halt in Bewegung.

Wenigstens nehme ich mir das fest vor. Aber ich will nicht, in mir sträubt sich sogar alles dagegen. Darum stehe ich immer noch da wie festgewachsen. Dabei hält mir die Lady nun sogar einen Apfel hin.

„Nun mach schon! Sonst kriegst du bestimmt richtig Ärger", warnt mich Minchen.

Ja klar. Mit jedem Atemzug, den ich hier länger stehen bleibe, steigt die Gefahr, dass sie mich gleich noch mehr schikaniert als sonst. Also geh ich jetzt wohl wirklich besser los. Aber nur ganz langsam.

„Die Zeit, die du mit ihr verbringen musst, geht bestimmt ganz schnell vorbei", tröstet mich Mina.

Sie hat vielleicht gut reden! Wenn sie mit ihrer Irina zusammen ist, ist da ganz sicher so. Aber was die Lady und mich angeht ...

Sorgenvoll blickt die alte Stute mir nach, während ich in langsamem Schritt auf die müffelnde Lady zutrotte. Nun kann ich ihr unangenehmes Parfüm schon wittern; mit jedem Schritt wird der Geruch stärker. Aber auf ihrem Gesicht breitet sich ein triumphierendes Lächeln aus.

Als ich bei ihr angekommen bin, fasst sie mich schnell am Halfter – und zieht tatsächlich ihre Hand mit dem Apfel zurück!

„Glaubst du wirklich, dass du einen Apfel bekommst, wenn du mich vorher so lange warten lässt?", fragt sie mit einem triumphierenden Unterton in ihrer Stimme. „Da hast du dich aber geschnitten. Nur wenn du dich beim nächsten Mal ein bisschen mehr beeilst, gibt's tatsächlich ein Leckerli. Aber wirklich nur dann, kapiert?"

Was soll denn das? Schließlich bin ich zu ihr gekommen, also muss sie mich jetzt auch belohnen. Täuschen gilt nicht. Das ist doch Ehrensache!

Na, wenigstens unter Pferden. Bei den Zweibeinern gelten wohl andere Gesetze. Trotzdem, Günther hätte so was nie mit mir gemacht! Und Irina traue ich das auch nicht zu.

Am liebsten würde ich der Lady klarmachen, wie sehr ich mich über sie ärgere. Zum Beispiel könnte ich sie mal kräftig zwicken, oder ich könnte mich auf der Hinterhand umdrehen und ganz schnell wieder wegrennen. Doch zu meinem Leidwesen hat sie meine Verblüffung genutzt, um ruckzuck unter dem Holzzaun durchzuklettern und den Führstrick an meinem Halfter zu befestigen. Nun setzt sie sich mit einem entschlossenen „Komm!" in Bewegung und geht zum Tor.

„Halt dich tapfer!", ruft Mina mir zu.

Ich antworte ihr mit einem tiefen Seufzer.

Egal was gleich passiert, ich werde schon damit klarkommen, nehme ich mir vor und schlurfe, von ihrem scheußlichen Parfüm umwölkt, hinter ihr her über die geteerte Straße und durch das große Tor.

Als wir den Hof betreten, stelle ich zu meinem Schrecken fest: Mago Neros Paddock ist leer!

Oh nein! Man wird ihn doch nicht weggebracht haben! Aufgeregt schlage ich mit dem Schweif.

Wenigstens sind Pollux und Streif da. Gemütlich dösend liegen sie nebeneinander auf den von der Sonne angewärmten Pflastersteinen. Aufgeregt wiehere ich den beiden zu: „Habt ihr eine Ahnung, wo Mago Nero ist?"

Das war mit Sicherheit ziemlich laut, trotzdem zuckt Pollux nur kurz im Schlaf mit dem Fell.

Wenigstens Streif öffnet ein Auge. „Keine Angst, dein Angebeteter ist nicht auf und davon. Sein Zweibeiner geht nur ein bisschen mit ihm spazieren."

„Na dann." Ich schnaube erleichtert und wende meine Aufmerksamkeit wieder der Lady zu, die mich an einem Ring in der Mauer festgemacht hat und gerade den Putzkasten öffnet.

Tatsächlich schaffe ich es, beim Saubermachen die ganze Zeit bei der Sache zu bleiben, darum schlägt sie mich weder noch rempelt sie mich an. Doch als sie fertig ist, legt sie mir zu meinem Erstaunen einen Longiergurt und eine nagelneue Trense an. Dann klinkt sie eine Longe in meinen linken Trensenring ein und schnallt die Ausbinder ein.

Okay, die kenne ich von Günther. Aber was macht sie denn jetzt? Muss sie die Dinger wirklich so festziehen? Ich kann kaum noch den Kopf bewegen, geschweige denn meinen Hals dehnen. Stattdessen beugen mir diese blöden Zügel so gewaltsam den Hals, dass sie mir das Kinn in Richtung Brust ziehen.

Günther hat so was nie mit mir gemacht. Aber hier gehen die Uhren wohl anders – zumindest bei der müffelnden Lady.

„Au weia, die geht aber ran! Angenehm ist das mit Sicherheit nicht", urteilt Pollux, der inzwischen doch noch wach geworden ist. „Hast du eine Ahnung, was das soll?"

„Nicht die geringste", erkläre ich unglücklich.

Die Lady nimmt sich die lange Longiergerte, die neben uns an der Mauer gelehnt hat. Ich folge ihr quer über den Hof, und dabei fühle ich mich wie eine gefesselte Strafgefangene.

Wie soll ich mich so auch nur halbwegs gescheit bewegen?, frage ich mich und werfe ihr verzweifelte Blicke zu. Aber die bemerkt sie ebenso wenig wie meine unsicheren Schritte. So eingeschnürt, wie ich bin, hab ich nämlich Schwierigkeiten, mein Gleichgewicht zu halten.

Da trabt Pollux an uns vorbei. Er läuft auf die Tür auf der anderen Seite des Hofes zu, und weil sie nur angelehnt ist, schiebt er sich hindurch.

Wenn er so entspannt ist, wird sich hinter der Mauer wohl nichts Schlimmes verbergen, sage ich mir und gehe ohne zu zögern hinter ihm und der Lady her.

Oh, da liegt ja ein großer Reitplatz! Neugierig versuche ich, meinen Kopf ein bisschen zu heben, damit ich mich wenigstens ansatzweise umsehen kann. Aber sofort zerren die Ausbindezügel an dem Trensengebiss in meinem Maul und halten mich gnadenlos fest.

Kein Wunder, dass ich nervös werde, unruhig zu trippeln beginne und ängstlich mit dem Schweif schlage. Gleichzeitig sauge ich mit geweiteten Nüstern die Luft ein, damit ich wenigstens riechen kann, was los ist.

„Echt blöd, wenn man so eingezwängt ist", bedauert mich mein Hundekumpel.

Doch die Lady ermahnt mich nur unwirsch: „Nun reg dich doch nicht so auf! Das hier ist nur ein Reitplatz. So was kennst du doch."

Na klar kenne ich Reitplätze. Aber diesen Reitplatz kenne ich nicht. Darum schaue ich sie noch einmal flehentlich an: Bitte, bitte, mach endlich diese schrecklichen Ausbinder los! Ich möchte mich doch nur ein bisschen umsehen. Danach werde ich bestimmt brav und konzentriert mit dir arbeiten.

Statt auf mich zu reagieren, zieht sie den Longiergurt fester.

„Bei solchen Zweibeinern wie der Lady könnte man glatt meinen, sie wären blind wie die Maulwürfe. Die bemerken ja nicht mal das Offensichtliche", seufzt Pollux und lässt sich auf dem Gras am Rande des Reitplatzes nieder. „Aber du brauchst keine Angst zu haben. Keine Raubtiere sind in Sicht, keine lärmenden Traktoren im Anmarsch, und auch sonst ist alles paletti."

„Danke!", erkläre ich halbwegs erleichtert. Wenn dieser liebe Kerl nicht wäre ...

Nun marschiert die Lady ein paar Schritte von mir weg und lässt die lange Gerte schnalzen.

Na gut. Ich weiß noch von Günther, was ich jetzt zu tun habe. Mit zügigen Schritten gehe ich im Kreis um sie herum und versuche, möglichst aktiv mit meinen Hinterbeinen zu arbeiten. Allerdings fällt mir das viel schwerer als sonst, weil diese entsetzlichen Ausbinder meinen Kopf geradezu fixieren. Ich weiß immer noch nicht, wie ich mein Gleichgewicht halten soll, und es ist mir ein Rätsel, wie ich dabei schwungvoll vorwärts gehen soll.

Doch sie treibt und treibt mich immer weiter, schließlich verlangt sie sogar, dass ich Trab gehe. Kein Wunder, dass ich bald vor lauter Unsicherheit stolpere. Prompt zischt wieder ihre Gerte, und sie ruft ärgerlich: „Pass doch auf, du Schlafmütze!"

Das tue ich doch! Aber ich kenne den Boden überhaupt noch nicht, und dann bin ich auch noch so schrecklich eingeschnürt.

„Diese blöde Zweibeinerin kann ja mal versuchen, anständig zu laufen, wenn man ihr den Kopf auf der Brust festgebunden hat", knurrt Pollux leise.

„Gute Idee", schnaufe ich. Aber das hilft mir jetzt leider auch nicht weiter.

Egal. Auch aus dieser Situation muss ich das Beste machen. Darum tue ich, was ich kann.

Irgendwann lässt mich die Lady anhalten, damit sie die Longe in dem Trensenring auf meiner anderen Seite befestigen kann.

„Puh! Wenigstens darf ich mal andersherum laufen", sage ich zu meinem Hundefreund, der mit dem Kopf auf seinen Vorderbeinen daliegt und uns aufmerksam beobachtet. „Das wurde aber auch höchste Zeit. Mein Hals und mein Rücken tun schon weh."

Trotz meiner Fesseln entspanne ich mich jetzt ein wenig. Allerdings nicht für lange, denn langsam, aber immer schlimmer, verkrampfen sich meine Muskeln erneut. Dann kommen die Schmerzen zurück. Zuerst tut mir mein Hals weh, dann auch der Rücken. Hilflos, wie ich bin, versuche ich, mich wenigstens ein bisschen zu dehnen ...

„Lass es", rät mir Pollux.

Der hat gut reden!, denke ich und drücke meinen Kopf ein Stückchen weiter nach vorne.

Aua!!! Schmerzhaft bohrt sich das Gebiss in meine Mundwinkel, und auf meinen Gaumen drückt es auch.

„Woher hast du das gewusst?", keuche ich.

„Hier gibt es immer wieder Zweibeiner, die ihre Pferde genauso einschnüren wie dich", erklärt er. „Ich weiß nicht, was sie damit bezwecken, doch sie scheinen keine Ahnung zu haben, was sie euch damit antun."

„Aber das ist doch vollkommen logisch. So was muss uns einfach wehtun", protestiere ich.

„Ja klar", bestätigt er. „Diese Menschen müssten bloß ein bisschen nachdenken, aber genau das machen sie nicht. Manchmal frage ich mich, wofür die eigentlich ihr Gehirn haben."

„He, konzentrier dich gefälligst!", schnauzt die Lady. Und sie lässt wieder ihre Gerte schnalzen, diesmal verdächtig nahe an meiner Kruppe.

Okay, ich hab nicht aufgepasst. Und ich hab keine Ahnung, was sie jetzt von mir will.

„Du sollst galoppieren", informiert mich Pollux.

Fragt sich nur: Wie mach ich das, so gefesselt, wie ich bin? Egal, ich muss es versuchen.

Aua! Beim Anspringen fährt mir das Trensengebiss derart heftig ins Maul, dass ich erschrocken nach hinten auskeile. Prompt klatscht mit Schwung die Gerte auf mein Hinterteil.

He, was hätte ich denn machen sollen? Ich hab doch auch Gefühle!

Egal. Durchhalten, Meisje! Irgendwann wird sogar das hier vorbei sein.

Aber da sind immer noch die Schmerzen. Inzwischen sind sie so schlimm, dass ich kaum noch denken kann. Bald stolpere ich wieder und kann mich gerade noch fangen, doch dabei ist der Ruck in meinem Maul so heftig, dass ich in den Schritt falle.

Wieder trifft mich die Gerte, so fest, dass ich vor lauter Schreck wieder losgaloppiere.

Pollux ist inzwischen mächtig sauer und beginnt leise zu knurren. Doch das Donnern meiner Hufe ist so laut, dass die Lady seine drohende Stimme nicht wahrnimmt. Menschen sind nämlich auch noch schwerhörig.

Stattdessen hebt sie arrogant das Kinn. „Hab ich's mir doch gedacht, dass du nur Theater spielst. Aber nicht mit mir. Mich führst du nicht an der Nase herum. Merk dir das!"

Fragt sich, wer hier wen zum Narren hält, denke ich und zwinge mich, trotz meiner Schmerzen in halbwegs gleichmäßigem Tempo weiterzugaloppieren.

„Ich kann's nicht mehr mit ansehen", grollt Pollux. Er trottet davon, und ich wünsche mir inständig, dass ich mit ihm von hier verschwinden könnte.

Zum Glück ist bald darauf endlich Schluss. Die Lady lässt mich anhalten, kommt auf mich zu und löst meine Fesseln.

Uff! Ich stoße einen tiefen Seufzer aus und strecke den Hals.

„Das werden wir jetzt noch öfter trainieren", offenbart sie mir seelenruhig. „Schließlich sollst du lernen, schön rund durchs Genick zu gehen."

Oh nein, bitte nicht!, denke ich entsetzt. Das muss ich doch gar nicht trainieren, denn ich kann schon durchs Genick gehen. Das kommt nämlich von ganz alleine, wenn ein Pferd in einer versammelten Körperhaltung geht. Und die hat Günther mir beigebracht. Zu einer richtigen Versammlung gehört aber viel mehr, als mit zwangsweise verschnürtem Hals zu laufen. Wenn ich mich versammle, wölbe ich den Rücken auf und trage mit der Hinterhand mehr Gewicht. So kann ich mich mit einem Reiter auf dem Rücken viel besser bewegen. Dagegen war das, was die Lady heute mit mir gemacht hat, einfach nur Quälerei.

Erschöpft und vollkommen fassungslos trotte ich hinter ihr her durch die Tür zurück auf den Hof.

Pollux liegt nicht weit von meinem Putzplatz entfernt in der Sonne und beobachtet uns aufmerksam. Allerdings ...

Fragend sehe ich ihn an, denn mit seinem erhobenen Kopf und den gespitzten Ohren wirkt er besonders aufmerksam, ja regelrecht erwartungsvoll.

Irgendwas ist hier los, registriere ich, hebe den Kopf, schaue mich nach allen Seiten um, wittere konzentriert und lausche angestrengt. Aber ich kann nichts Außergewöhnliches entdecken.

Die Lady ist mit mir am Putzplatz angekommen. Sie stellt die Longiergerte zur Seite, nimmt mir das Kopfstück ab, zieht mir das Halfter über und bindet mich an einem Ring in der Mauer fest. Danach gibt sie mir doch tatsächlich eine Mohrrübe.

Fragt sich nur: Warum macht sie das ausgerechnet jetzt?, überlege ich, als sie den Longiergurt losmacht und von meinem Rücken zieht. Eben auf dem Reitplatz war sie doch überhaupt nicht zufrieden mit mir, sie hat mich sogar geschlagen.

Während sie die Utensilien zurück in die Sattelkammer räumt, stehe ich da und denke über das nach, was eben passiert ist. Allmählich legt sich das Chaos aus Angst und Zorn in meinem Inneren. Stattdessen steigt abgrundtiefe Traurigkeit in mir hoch, und ich frage mich: Ist es wirklich mein Schicksal, dass ich so leben muss, vielleicht für viele Jahre ... oder sogar für immer?

Trotzdem werfe ich nach einiger Zeit noch einmal einen Blick auf Pollux.

Komisch, er hockt immer noch so merkwürdig angespannt da. Fast wirkt er so, als würde er auf eine Sonderration Futter warten.

Die Lady kommt aus der Sattelkammer zurück. Sie schaut kurz auf ihre Armbanduhr und zieht die Augenbrauen hoch, geht schnell zum Putzkasten, macht ihn eilig auf und greift hinein, um den Hufkratzer herauszuholen …

„Iiiiiiiiih!!!!!!!"

Mit einem markerschütternden Schrei taumelt sie rückwärts. Dabei hält sie ihre rechte Hand so weit wie nur möglich von sich weg.

Oha, ihre Finger sind ja mit einer merkwürdigen braunen Paste beschmiert!

Warum stinkt es hier plötzlich so bestialisch? Nicht nur nach ihrem schaurigen Parfüm, sondern auch nach … ja richtig: nach Hundekot!

„Ohgottohgottohgott!", jammert sie, macht auf dem Absatz kehrt und rennt über den Hof zum Wohnhaus. Jetzt wirkt sie fast wie ein verrücktes Huhn, das gackernd vor Panik vor einem hungrigen Fuchs davonläuft.

Hinter mir höre ich hektisches Keuchen, darum schaue ich mich um und sehe, dass Pollux flach auf dem Rücken liegt und alle vier Beine von sich gestreckt hat. Er hechelt so heftig, als wäre er mindestens eine Stunde lang hinter einem galoppierenden Pferd hergerannt.

Der lacht sich ja halb tot, registriere ich – und hab endlich kapiert. „Du warst das! Und du hast es sogar extra gemacht, du Halunke!"

Es dauert ein wenig, bis er wieder einigermaßen Luft kriegt. Dann rollt er sich schnaufend auf den Bauch und sieht mich mit blitzenden Augen an. „Na klar! Ich hab mich so sehr über diese furchtbare Zicke geärgert, dass ich es ihr einfach heimzahlen musste."

„Das hast du gut gemacht. Vielen Dank!", sage ich aus tiefstem Herzen.

„Es war mir ein Vergnügen", erklärt er.

„Kann ich mir vorstellen", maunzt es von der anderen Seite.

Das war eindeutig Streif. Ich schaue mich zu ihm um.

Aha, er sitzt nur ein paar Schritte von mir entfernt und putzt sich die Vorderpfote.

„Hast du's auch gesehen?", fragt Pollux.

„Na klar, vom Heuboden aus. Von da aus hab ich nämlich einen prima Überblick", schnurrt er.

„War ich nicht gut?", meint mein Hundekumpel stolz.

„Na ja, schon", räumt der Kater ein. „Jedenfalls für einen Hund."

„Was soll das denn heißen?", knurrt Pollux beleidigt.

„Also, ich fand's klasse", unterstütze ich ihn.

Streif setzt seine sauber geleckte Pfote ab und schaut uns mit seinen goldenen Augen an. „He! Das war nicht als Kritik gemeint. Ich als Katze hätte mir halt was anderes einfallen lassen – schon um diesen grauenhaften Gestank zu vermeiden. Der zieht doch inzwischen über den ganzen Hof. Ansonsten war die Idee aber genial. Das muss ich schon zugeben."

Ratlos sieht Pollux mich an. „Soll ich das jetzt als Lob nehmen oder nicht?", fragt sein Blick.

„Absolut", antworte ich. „Ein Katze wie Streif hat es mit Sicherheit eine riesengroße Überwindung gekostet, die Idee eines Hundes genial zu nennen."

Nun hockt sich Pollux auf die Hinterbeine und wirft sich mächtig in die Brust.

Die Haustür geht auf, und die Lady kommt heraus, dicht gefolgt von Max. Sie ist immer noch furchtbar aufgeregt, gestikuliert wild mit den Händen und redet wie ein Wasserfall. Dabei macht sie ein Gesicht, als wäre ein ganzes Rudel Wölfe über sie hergefallen.

„Oh, Max ist schon vom Holzrücken zurück", wundere ich mich. „Dabei ist Eddie doch gar nicht in seinem Stall."

„Er ist mit Minchen auf der Weide", erklärt Streif.

„Schade eigentlich, dass die beiden nicht hier sind", finde ich. „Sie hätten sich bestimmt auch halb tot gelacht."

„Wir können es ihnen ja gleich erzählen", schlägt Pollux vor.

Die Lady legt ein derartiges Tempo vor, dass Max kaum mitkommt. Sie bleibt bei uns stehen, wirft dem Hund einen tödlichen Blick zu und zeigt auf ihren Putzkasten. „Sehen Sie sich das an!"

Max schaut hin, ganz genau und sehr bedächtig. Dann kratzt er sich am Kopf. „Mein Pollux kann das nicht gewesen sein", erklärt er schließlich. „Der hat so was nämlich noch nie getan. Außerdem macht er nicht so große Haufen."

„Ich hab mir ja auch extra viel Mühe gegeben", strahlt mein Hundekumpel.

„Es wird sehr schwer sein, den wirklichen Schuldigen zu ermitteln", fährt sein Herrchen fort. „Sie wissen ja, wie viele Hunde hier auf dem Mühlwinklhof herumlaufen. Manche gehören Pferdebesitzern, andere den Spaziergängern, die draußen vorbeikommen. Dann schauen auch noch öfter die beiden Border Collies unserer Nachbarn vorbei. Woher soll ich wissen, wer für das da verantwortlich ist?"

Die Lady ist verunsichert. „Und was soll ich jetzt tun?"

„Ganz einfach: Sie machen Ihren Putzkasten sauber", schlägt Max ihr ungerührt vor. „Da hinten ist ein Wasserhahn. Dort waschen Sie Ihre Sachen ab und die Kiste auch. Danach legen Sie alles in der Sattelkammer zum Trocknen aus, und morgen ist das Ganze schon wieder vergessen."

Er redet in einem sehr höflichen Ton, doch sein Gesichtsausdruck und seine Körperhaltung sprechen Bände, und mir ist vollkommen klar, was er in Wirklichkeit denkt. Nämlich: Nun stellen Sie sich doch nicht so an! Das Ganze ist die Aufregung gar nicht wert.

„Mir bleibt ja wohl nichts anderes übrig", murmelt die Lady und bückt sich, um das Corpus Delicti mit spitzen Fingern hochzuheben und zum Wasserhahn zu tragen. Dabei hält sie es so weit wie nur möglich von sich weg.

„Die tut ja so, als wäre in der Kiste eine Handgranate kurz vor der Explosion", amüsiert sich Pollux.

„Tja, einen Hundehaufen darf man nicht unterschätzen", ätzt Streif.

Mit hochgezogenen Augenbrauen sieht Max der Lady zu. „Soll ich Meisje schon mal in den Stall bringen?", ruft er ihr schließlich nach.

„Ja, bitte tun Sie das!", antwortet sie. Dann dreht sie den Hahn auf und hält den Putzkasten samt Inhalt darunter. Doch dabei spritzt ein Wasserstrahl aus der Kiste, direkt in ihr Gesicht. Entsetzt lässt sie den Kasten fallen ... und prompt schwappt ein Schwall seines undefinierbaren Inhalts auf ihre Stiefel und auf die Reithose.

„Schaut mal, wie sie jetzt aussieht!", hechelt mein Hundefreund voller Schadenfreude.

Tatsächlich, die Lady ist von oben bis unten nass. Sogar ihre Haare triefen.

Grinsend dreht Max sich um und macht meinen Strick los. Dabei flüstert er Pollux zu: „Wieg dich bloß nicht in Sicherheit, du alter Gauner! Ich weiß genau, dass du das warst. Mach so was bloß nicht noch mal! Sonst kann ich dich nicht mehr alleine auf dem Hof herumlaufen lassen, sondern muss dich den ganzen Tag im Haus einsperren. Und das würde mir wirklich sehr leidtun."

Erschrocken wirft ihm sein Hund einen schuldbewussten Blick zu. Und als er mit Streif neben Max und mir zum Stall hinübergeht, seufzt er: „Ab jetzt muss ich sehr, sehr vorsichtig sein. Dabei hat mir die Sache doch solchen Spaß gemacht."

Streifs goldene Augen beginnen zu blitzen. „Weißt du was? Bei der nächsten Gelegenheit lässt du einfach mich machen."

„Super", freut sich Pollux.

„Gut", meint der Kater. „Jetzt mache ich mir schon mal ein paar Gedanken, dann warte ich auf den richtigen Zeitpunkt und ... zack!"

„Ich bin so froh, dass ich euch habe", erkläre ich aus tiefstem Herzen.

Überhaupt geht es mir jetzt wieder besser, weil ich mich so prächtig amüsiert habe. Allmählich bekomme ich auch wieder ein bisschen Hoffnung.

Vielleicht bin ich ja doch nicht ganz so hilflos, wie ich gedacht hatte, überlege ich. Mit solchen Freunden an meiner Seite finde ich bestimmt einen Ausweg.

Nun haben wir meinen Stall erreicht, und Max öffnet die Tür. „Mach's gut, kleine Friesenstute", sagt er und gibt mir einen Klaps aufs Hinterteil.

Wenn alle Zweibeiner so wären wie du, hätten wir Pferde keine Probleme mit euch, denke ich und blicke mich noch einmal nach ihm um. Dann marschiere ich direkt zu meinem Heunetz. Ich hab einen Riesenhunger, denn das Longieren war ganz schön anstrengend. Trotzdem gehe ich jede Wette ein, dass der Trainingseffekt gleich null war. Quälereien machen nämlich mit Sicherheit nicht fit.

Mit einem Maul voll Heu sehe ich zu der Lady hinüber. Offenbar hat sie ihre Putzsachen inzwischen sauber gekriegt, denn gerade trägt sie ein paar davon in die Sattelkammer.

„Wetten, sie kommt noch nicht mal zu dir, um sich von dir zu verabschieden?", vermutet Pollux.

„Macht überhaupt nichts", erkläre ich kauend. „Ich bin froh, wenn ich nichts mit ihr zu tun habe."

„Und wenn du sie nicht riechen musst", fügt Streif hinzu.

„Das sowieso", bestätige ich und wende mich wieder meinem Heunetz zu. „Aber morgen wird sie bestimmt wiederkommen. Wer weiß, was für einen Schwachsinn sie dann mit mir anstellt?"

„Morgen ist ein neuer Tag", beruhigt mich der Kater.

Ja, was für ein Glück!, sage ich mir. Bis dahin hab ich Freizeit – mit meinen tollen neuen Freunden und in Sichtweite meines Traumhengstes. Der kommt nämlich bestimmt bald von seinem Spaziergang zurück. Ich kann es kaum noch erwarten!

„… und er freut sich total, dass Pollux es der Lady mal so richtig gezeigt hat. Gerade hab ich ihm nämlich alles haarklein erzählt", berichtet mir Streif.

Ja, Mago Nero ist wieder in seinem Paddock. Ich war ziemlich nervös, weil es so lange gedauert hat, am Ende bekam ich sogar Angst, dass man ihn vielleicht doch weggebracht hätte.

Aber Irina hat mich getröstet. Zuerst hatte sie einen Ausritt mit Minchen gemacht und sie danach zurück zu Eddie auf die Weide gebracht. Doch danach ist sie noch einmal zu mir gekommen, hat sich vorsichtig nach allen Seiten umgesehen und mir eine große Möhre zugesteckt.

„Warum siehst du denn so traurig aus?", hat sie mich dann mitleidig gefragt.

Ach, wenn ich es dir doch nur erzählen könnte!, hab ich gedacht und sie drängelnd mit den Nüstern angestoßen.

„Arme kleine Friesenmaus", hat sie nur gesagt und mir durch die Gitterstäbe die Hand auf den Hals gelegt.

Doch da hab ich gespannt den Kopf hochgerissen. Denn ich hatte etwas gehört: Hufschläge! Und sie näherten sich!

Bald darauf kam er endlich durch das Hoftor: Mago Nero! Laut wiehernd haben wir uns begrüßt, und er hat sogar versucht, seinen Zweibeiner in meine Richtung zu zerren.

Aber das hat nicht funktioniert. Mit einem strengen „Nein!" hat sein Besitzer ihn zur Ordnung gerufen, und dann hat er ihn ein paar Schritte rückwärts gerichtet. Damit hat er ihm sonnenklar gemacht, wer hier der Chef ist. Und das ist ganz sicher nicht

Mago Nero, leider! Der ist danach auch tatsächlich brav in seinen Stall gegangen.

„Wenigstens kann er mit Pferden umgehen, der vornehme Herr Prominenten-Sportarzt", hat Irina gemurmelt.

Sie scheint ihn nicht leiden zu können. Fragt sich nur: warum?

Währenddessen ist Streif über den Hof zu Mago Nero geschlichen und hat ihm brühwarm die Geschichte mit Pollux und dem Putzkasten unter die Nüstern gerieben.

„Er findet, dass sein Mensch von einem ganz anderen Kaliber ist als deine Frau Hohenstein", übermittelt mir der Kater gerade. „Zwar kennt er ihn noch nicht so lange, aber er hat schon jetzt mächtig Respekt vor ihm. Der Mann sei absolut furchtlos, meint er. Angeblich bleibt er immer ruhig und lässt sich von gar nichts einschüchtern. Außerdem soll er toll reiten können. Und auch sonst macht es ihm Spaß, mit seinem Zweibeiner zusammen zu sein."

„Ich wünschte, das könnte ich von meiner Besitzerin auch sagen", seufze ich. „Aber was hat Irina gegen ihn?"

„Keine Ahnung", erklärt er und beginnt, mir tröstend um die Beine zu streifen. „Und was dich angeht: Warte mal ab! Das hier muss nicht das Ende der Fahnenstange sein. Dein Leben hat doch gerade erst begonnen."

Ich antworte nicht, weil ich interessiert Mago Neros Eigentümer beobachte, der gerade seinen Putzplatz aufräumt.

Er ist nicht mehr ganz jung, ungefähr Ende dreißig. Aber mit seiner großen, recht schlanken Figur, den langen Beinen, den dunklen Haaren und seinem kurzen Bart wirkt er ziemlich sportlich.

„Für einen Zweibeiner sieht er ganz gut aus", stelle ich fest.

„Na ja", meint Streif, der es sich gerade auf einem Kissen aus heruntergefallenen Heuhalmen gemütlich macht. „Wenn ich eine weibliche Katze wäre, hätte mir der Mann eindeutig zu wenig Fell am Körper. Und ein attraktiver Schwanz fehlt ihm auch." Dann streckt er sich genüsslich aus und lässt sein graues Fell von der Abendsonne bescheinen.

Da kommt Pollux durchs Tor, gefolgt von Max, der Minchen und Eddie am Strick führt.

„Hallo!", begrüßt mich die alte Stute. „Pollux hat mir schon erzählt, was für einen Blödsinn deine Zweibeinerin mit dir gemacht hat. Die Frau ist ja so was von unmöglich ..." Sie schüttelt sich.

„Nur gut, dass er's der Lady mächtig gezeigt hat", mischt sich Eddie von der anderen Seite ein.

Mein Hundefreund scheint mal wieder um fünf Zentimeter zu wachsen. „Es wurde langsam Zeit, dass mal jemand was unternimmt. Die Menschen dürfen sich mit uns Tieren doch nicht alles erlauben."

„Richtig", stellt Mina fest, bevor sie sich ihrem Heunetz zuwendet.

„Das nächste Mal werde ich ihr eins auswischen. Da freu ich mich schon richtig drauf", schnurrt Streif mit halb geschlossenen Augen.

Interessiert schaut Eddie zu ihm hinüber. „Hast du dir schon was Konkretes überlegt?"

„Siehst du denn nicht, dass ich gerade daran arbeite?", maunzt der Kater. „Aber selbst wenn mein Plan schon wasserdicht wäre, würde ich euch kein Sterbenswörtchen verraten. Soll doch eine Überraschung werden."

Geschickt drückt sich Pollux durch die Gitterstäbe und kommt zu mir herüber. „Ich nehme ihm nicht ab, dass er gerade einen Plan schmiedet. Wetten, er schläft bald ein?"

„Mag sein", antworte ich. „Trotzdem bin ich mir sicher, dass er sich was einfallen lässt."

„Vielleicht. Ich verstehe diese Katzen sowieso nicht", gesteht er und murmelt noch etwas von wegen „komisches Völkchen", bevor er sich wieder trollt.

Ich schaue noch einmal zu Mago Nero hinüber, der wieder am Zaun seines Paddocks steht und mich ansieht.

Wie sein schwarzes Fell im weichen Licht der Abendsonne leuchtet! Und überhaupt: Wie schön er ist …

Mich überfällt riesengroße Sehnsucht, so stark, wie ich sie noch nie in meinem Leben gefühlt habe. Ich würde so gerne bei ihm sein, ganz nahe, und spüren, wie er mich am ganzen Körper beschnuppert. Zärtlich streicheln seine weichen Lippen über mein Fell, und dann …

Aber uns trennen zwei Zäune. Zwei feste Gatter aus Metall, die so hoch sind, dass wir sie nicht überwinden können. Und so wird es bleiben – heute, morgen und für immer.

Die Erkenntnis gibt mir einen Stich, der beinahe körperlich wehtut, fast so, als hätte mir die Lady mit aller Kraft ein Paar lange Sporen in den Bauch gerammt.

Wie soll ich bloß so weiterleben?, denke ich, und die Verzweiflung packt mich wieder mit aller Macht.

5
LEKTION IN MENSCHENKUNDE

Den ganzen Abend stehe ich da und schaue Mago Nero an. Irgendwann wiehere ich ihm laut zu: „Ach, könnte ich doch nur bei dir sein!"

Da steigt er und wirft sich mit einer derartigen Wut gegen das Gatter, dass ich einen Schrecken bekomme. Trotzdem bewegt es sich kein bisschen.

Aber er gibt nicht auf, versucht es immer und immer wieder. Doch egal wie viel Kraft er aufwendet, der Zaun steht felsenfest.

„Gut, dass das kein Zweibeiner mitkriegt", meint Minchen, die seine verzweifelten Aktionen beeindruckt verfolgt hat. „Wenn Max davon erfahren würde …"

„Warum siehst du das so negativ? Vielleicht würde er mich dann ja endlich zu Mago Nero lassen", unterbreche ich sie hoffnungsvoll.

Sie seufzt. „Das täte er mit Sicherheit nicht, im Gegenteil: Wahrscheinlich würde er Mago Nero dann sogar in einen anderen Stall bringen, von dem aus er keinen Kontakt mehr zu dir hat. An der hinteren Seite des Hofes gibt es noch zwei leere Boxen, in die Max normalerweise die Pferde stellt, die eine ansteckende Krankheit haben oder viel Ruhe brauchen. Ich gehe jede Wette ein, dass dein Schatz dorthin umziehen müsste."

„Oh nein!", keuche ich entsetzt. „Dann würde ich ihn vielleicht nie mehr wiedersehen, und das wäre doch total grausam! Warum würde Max uns so etwas antun?"

Traurig sieht sie mich an. „Weil er keinen Ärger haben will. Deine Besitzerin will mit Sicherheit nicht, dass du tragend wirst. Und natürlich möchte Mago Neros Zweibeiner nicht, dass sein Hengst sich verletzt, weil er mit aller Gewalt darum kämpft, zu dir zu kommen."

Warum geht es eigentlich immer nur darum, was die Zweibeiner wollen? Verzweifelt beginne ich mit dem Kopf zu schlagen, ein paarmal trete ich sogar mit meinem Vorderbein gegen den Zaun.

„Was sollen wir denn bloß machen?", frage ich, als ich mich wieder halbwegs beruhigt habe.

„Ich hab doch auch keine Ahnung", gesteht sie bedrückt. „Und glaube mir, ich weiß, was Sehnsucht bedeutet. Als ich noch jung war, konnte ich es im Frühjahr immer kaum erwarten, bis ich wieder mit meinem geliebten Hengst auf die Weide kam. Dabei hatte ich damals oft ein neugeborenes Fohlen bei Fuß. Aber wenigstens war ich mir in dieser Zeit immer ganz sicher, dass ich früher oder später wieder bei ihm sein würde, und das machte mir alles ein bisschen erträglicher. Doch was euch beide angeht …"

Ratlos sieht sie zu Eddie hinüber, der friedlich sein Heu frisst. „Sag mal, fällt dir vielleicht irgendwas ein?"

Er hebt den Kopf und sieht uns nachdenklich an. „Na, ja, ich bin halt ein Wallach. Ich wurde schon im Alter von sechs Monaten kastriert, darum kenne ich solche Gefühle nicht. Trotzdem tut es mir entsetzlich leid, die arme Meisje so leiden zu sehen. Aber ich habe auch absolut keine Idee. Hmm ... Am besten halte ich es wie Streif und arbeite erst mal daran."

Ich werfe einen kurzen Blick auf den Kater, der immer noch unter meinem Heunetz liegt und inzwischen tatsächlich tief und fest schläft. „Ja, mach das bitte. Aber lass dir nicht allzu viel Zeit."

„Ich werde mir alle Mühe geben", versichert er und genehmigt sich noch ein paar Halme.

In dieser Nacht hab ich so intensive Träume, dass ich immer wieder aus dem Schlaf schrecke. In einem Traum longiert mich die Lady, und dabei fesselt sie mich wieder derart, dass mein Hals und mein Nacken wehtun. Egal, wie viel Mühe ich mir auch gebe, ihre Gerte klatscht immer wieder brennend auf meine Kruppe. In einem anderen Traum bin ich mit Minchen auf unserer schönen, großen Weide. Wir schauen auf den Chiemsee, und sie erzählt mir noch mal, wie schön es ist, darin zu baden. Und gerade eben hab ich geträumt, dass ich am Zaun meines Paddocks stünde. Verzweifelt habe ich zugesehen, wie Mago Nero sich wild gegen das Gatter warf. Doch diesmal hat er es geschafft, der Zaun ist umgekippt, und er ist zu mir galoppiert! Aber im letzten Moment, als er schon fast bei mir war, ist ihm ein riesengroßer, unbekannter Zweibeiner in den Weg getreten ...

Mir ist derart der Schreck in die Glieder gefahren, dass ich mit einem Schlag hellwach war. Jetzt liege ich keuchend im Stroh und brauche eine Weile, bis ich mich wieder halbwegs beruhigt habe.

Nach einiger Zeit stelle ich fest, dass es wohl bald hell wird, und spitze die Ohren. Die Vögel stimmen nämlich gerade ihr Morgenlied an; sie singen vom Frühling und von der Liebe.

Von dem merkwürdigen Traum sind meine Beine immer noch ein bisschen zittrig. Dennoch wuchte ich mich hoch und trotte auf meinen Paddock.

Über den Hof zieht feiner Morgennebel, in den anderen Ställen ist noch nichts zu hören. Nur Streif ist schon unterwegs. Geräuschlos schleicht er wie ein kleiner, dunkler Schatten über die Pflastersteine. Dann sieht er mich, hält kurz inne und kommt zu mir herüber.

„Schon wach?", maunzt er.

„Hab schlecht geträumt", gestehe ich.

„Das kann ich mir vorstellen", meint er. „Eddie hat mir erzählt, was gestern hier los war. Ich selbst hab's ja verschlafen. Nur gut, dass die Menschen nichts von der Unruhe mitgekriegt haben. Sonst …"

„Ich weiß", seufze ich. „Minchen hat es mir schon erklärt."

Geschickt klettert der Kater durch das Gitter, dann streicht er mir um die Beine. „Dabei passt ihr beide so gut zusammen! Ihr würdet so ein schönes Fohlen haben …"

„Mach es mir nicht noch schwerer", bitte ich ihn.

„Entschuldigung! Eigentlich wollte ich dich trösten." Wieder streift sein weiches Fell an meinen Fesseln entlang. „Ihr Pferde habt es wirklich schwer, weil ihr euch nicht frei bewegen könnt wie Pollux und ich."

„Das ist normalerweise gar nicht so schlimm", widerspreche ich. „Wir haben genug Platz, um uns die Beine zu vertreten, außerdem wohnen rechts und links unsere Freunde, und wir dürfen oft auf die Weide. Aber wenn ein so wunderschöner Hengst wie Mago Nero einem direkt gegenübersteht, sieht alles ganz anders aus."

„Ja klar", stellt er mitfühlend fest. „In diesem Punkt haben wir Kater es wirklich leichter: Zweimal im Jahr suchen wir uns ein paar schöne Katzen aus, und dann …" Er scheint in Gedanken bei seinen letzten Geliebten zu sein, denn er beginnt genüsslich zu schnurren. „Erst vor ein paar Wochen hab ich eine Katze kennengelernt … Also, die ist ein total heißer Feger. Und unsere Liebesnacht …"

„Danach hat sie dich aber mächtig verdroschen", erklingt plötzlich Pollux' Stimme. Im nächsten Moment taucht die Silhouette des großen Hundes aus dem Nebel auf.

Streif wirft ihm einen beleidigten Blick zu. „So sind sie halt, die Kätzinnen. Zuerst können sie nicht genug kriegen, und dann fahren sie ihre Krallen aus." Dennoch reckt er stolz den Hals. „Trotzdem erwartet sie jetzt Junge von mir. Und wenn sie noch mal rollig wird …"

„… kriegst du wieder ein paar Ohrfeigen", ätzt Pollux.

„Aber erst hinterher, du blöder Hund", faucht der Kater. „Außerdem: andere Tiere, andere Sitten. Eine Katze wedelt ja auch nicht mit dem Schwanz, wenn sie sich freut." Und er schreitet verärgert davon.

Verdutzt sieht Pollux ihm nach. „He, nun sei doch nicht gleich beleidigt! War doch gar nicht so ernst gemeint."

Aber da ist Streif schon im Nebel verschwunden.

„Katzen", seufzt mein Hundekumpel und schüttelt sich.

Da höre ich im Nachbarstall schwere Huftritte, und Eddie streckt seinen Kopf aus der Box. „Nicht so ernst gemeint? Wirklich? Dafür hast du es ihm aber ordentlich gegeben", tadelt er den Hund. „Dabei hat er sich in diese Katze total verknallt. Ich weiß es genau, weil ich die beiden öfter zusammen gesehen habe."

„Er ist in sie verliebt, obwohl sie ihn hinterher verhauen hat?", wundere ich mich.

„Wenn Katzen sich paaren, sind Ohrfeigen ganz normal", erklärt mein Stallnachbar.

„Das glaubst du doch selbst nicht", protestiere ich.

„Eddie hat schon recht", versichert Pollux. „Wenn man als Kater seinen Spaß haben will, muss man sich hinterher ganz schön auf was gefasst machen."

Verwirrt schlage ich mit dem Schweif. „Also, ich würde Mago Nero niemals verprügeln."

„Falls er zum richtigen Zeitpunkt zu dir käme", korrigiert mich der Hund. „Sonst würde er auch eins auf die Nüstern kriegen, oder etwa nicht?"

„Aber natürlich! Höflichkeit muss sein", versichere ich.

„Da siehst du's! Alle Frauen sind Zicken", stellt der Hund fest.

Ich antworte ihm nicht, weil ich trotz des Nebels sehe, dass Max aus der Futterkammer kommt. Wie jeden Morgen zieht er einen Karren voll gut gefüllter Futtereimer hinter sich her.

Nun erst wird mir klar, dass ich ordentlich Hunger habe. Ungeduldig beginne ich von einem Huf auf den anderen zu trippeln.

Eddie dagegen ruft laut: „Komm zuerst zu miiiiir!!!"

Jetzt wird es auch in den anderen Ställen unruhig. Überall wiehern und schnauben Pferde, eines nach dem anderen kommt aus seiner Box. Auch Mago Nero trabt mit fliegender Mähne und hohen Schritten an den Zaun, und schließlich steckt sogar Minchen verschlafen ihren Kopf durch die Stalltür.

„Ist ja gut, ihr hungrige Bande", lacht Max.

Mein Magen knurrt gewaltig. Vielleicht hab ich darum das ungute Gefühl, als wäre ich heute als Allerletzte dran.

„Kann er sich nicht ein bisschen mehr beeilen?", schnaube ich ungeduldig.

„Du darfst nicht vergessen: Er ist nur ein Zweibeiner. Die sind halt langsam", ermahnt mich Mina.

„Wäre schon cool, wenn er vier Beine hätte. Dann ginge es bestimmt schneller", vermutet Eddie, der offenbar auch mächtig Kohldampf schiebt.

„Trotzdem brauchte er zwei Arme, damit er uns Futter geben kann", gebe ich zu bedenken.

„Ob er mich dann noch reiten könnte?", fragt Eddie.

„Wie würde das denn aussehen?", überlegt Minchen. „Er würde doch wie ein nasser Sack mit vier baumelnden Beinen über deinem Rücken hängen und ... Na endlich!"

Max ist an ihrem Paddock angekommen und hängt ihr den Futtereimer hin. Prompt ist die alte Dame nicht mehr ansprechbar.

Bald darauf sind auch Eddie und ich mit unserem Frühstück beschäftigt.

Was mag dieser Tag wohl bringen?, überlege ich, als ich den Boden meines Eimers auslecke. Hoffentlich taucht die Lady nicht schon wieder hier auf! Es könnte doch sein, dass ihr die unfreiwillige Dusche gestern den Rest gegeben hat. Vielleicht ist sie jetzt erkältet. Oder sie hat sich so sehr geekelt, dass sie erst mal keine Lust hat, auf den Mühlwinklhof zu kommen. Das wäre zu schön, um wahr zu sein.

Weil ich nun endgültig das letzte Körnchen aufgeschleckt habe, hebe ich den Kopf und schaue zu Mago Nero hinüber.

Wie schön er ist!

Die Sehnsucht, die mich gestern schon gepackt hatte, fühlt sich heute noch schlimmer an. Sie macht mich sogar ein bisschen wirr im Kopf. Und jetzt wiehert er auch noch zu mir herüber!

Das ist ja eine Folter!, denke ich. Wie soll ich das bloß aushalten?

„Du bist gerade rossig, oder?", fragt mich Minchen mitfühlend.

„Könnte gut sein. Wie hast du das gemerkt?", frage ich.

„Weil du so breitbeinig dastehst und weil du deinen Schweif so oft anhebst. Dein Geruch ist auch eindeutig", erklärt sie. „Und erst dein verträumter Blick ... Einer erfahrenen Stute kann man da gar nichts vormachen."

„Ich will nur noch zu ihm. In meinem ganzen Leben hab ich noch nie so viel Sehnsucht gehabt", gestehe ich.

„Es geht vorüber. Schon in wenigen Tagen wird es besser", tröstet sie mich.

Das kann ich mir im Moment gar nicht vorstellen. Außerdem ... „Aber es wird wiederkommen, schon in wenigen Wochen."

„Ja. Und nicht nur einmal, sondern immer wieder, bis es Winter ist", seufzt sie.

„He, denk doch einfach mal an was anderes", versucht Eddie mich abzulenken. „Schau mal, da ist Max schon wieder. Bestimmt will er unsere Heunetze holen, um sie neu zu befüllen."

Das ist mir im Moment gar nicht so wichtig. Und als er näher kommt, erkenne ich, dass er sowieso etwas anderes vorhat. Er trägt nämlich zwei Halfter samt Führstricken über dem Arm.

„Wir kommen auf die Weide. Wie schön!", freut sich Minchen.

Noch viel schöner wäre es, wenn Mago Nero bei mir wäre, denke ich.

Max geht in Minas Paddock, zieht ihr das Halfter an, macht den Führstrick daran fest und bindet sie am Gatter fest. Dann kommt er zu mir herüber.

„Heeee!!! Nimm mich auch miiiit!!!", wiehert Eddie und trabt ungeduldig in seinem Stall auf und ab.

„Nein, mein Dicker. Du musst erst mal arbeiten", erklärt Max. „Auf uns beide wartet eine Kutsche voller Touristen."

Empört wirft Eddie den Kopf.

Max lacht. „Nun tu mal nicht so beleidigt! Mit irgendwas musst du dir schließlich deinen Hafer verdienen." Dann zieht er mir das Halfter über.

„Trotzdem ist das voll gemeiiiin!", protestiert Eddie lautstark, als Minchen und ich über den Hof geführt werden.

Im Gehen schaut Max sich nach ihm um. „Na komm! Heute Nachmittag lasse ich dich noch ein paar Stunden raus, versprochen."

„Wenn das so ist …", brummt der Wallach halbwegs versöhnt.

„Einen ganzen Morgen die Kutsche zu ziehen ist sowieso viel besser, als eine Stunde lang gefesselt zu sein und von der müffelnden Lady longiert zu werden", grummle ich ihm zu.

Wer weiß, vielleicht wird gleich sogar noch Schlimmeres passieren, denke ich, als mir am späten Nachmittag ein Hauch des gefürchteten süßlichen Parfüms in die Nase steigt. Missmutig hebe ich den Kopf und sehe, dass sie auf unsere Weide zu spaziert.

„Augen zu und durch! Es geht vorbei", tröstet mich Mina.

Eddie dagegen stellt fest: „Schaut mal! Die muss einkaufen gewesen sein."

„Stimmt. Ihre schicke neue Reitweste und die glänzenden Stiefeletten sind bei den Zweibeinerinnen auf dem Mühlwinklhof der neueste Schrei", fügt Minchen hinzu.

„Geld scheint sie wirklich genug zu haben", überlegt der Wallach laut.

„Das interessiert mich reichlich wenig", erkläre ich.

„Na ja, Sorgen um dein Futter brauchst du dir jedenfalls keine zu machen", gibt Mina zu bedenken.

„Längst nicht jedes Pferd muss sich tagtäglich von seinem Zweibeiner schikanieren lassen, damit es genug zu fressen bekommt", widerspreche ich.

„Nicht jedes, aber leider viel zu viele", versichert sie.

Die Lady ist am Zaun angekommen. „Meisje! Meisjeee!!!", ruft sie mich.

Am liebsten würde ich die Flucht ergreifen, doch leider würde ich nicht weit kommen. Aber ich bleibe wie festgefroren stehen.

„Ts, ts, was soll denn das?", rügt sie mich, kramt eine Mohrrübe aus der Tasche und hält sie mir hin.

„Mein Fall ist sie ja auch nicht", gibt Eddie zu. „Aber immerhin hat sie dir ein Leckerli mitgebracht."

„Beim letzten Mal war's ein Apfel. Doch den hat sie wieder eingesteckt, sobald Meisje bei ihr war", klärt Mina ihn auf.

Eddie schnaubt empört.

Ich muss daran denken, wie er heute Mittag müde, aber frisch abgeduscht auf unsere Weide getrottet kam.

„Wie war's?", habe ich ihn gefragt.

„Der Wagen war zum Platzen voll und ganz schön schwer", hat er erzählt. „Aber die Touristen waren sehr nett. Ein paar haben mich gestreichelt, und von einem kleinen Mädchen habe ich sogar einen Apfel bekommen. Max hat sich auch nicht lumpen lassen und mir hinterher eine Extraration Futter spendiert. Unterm Strich kann ich mich also nicht beklagen."

„Meisjeee!!!" Die Stimme der Lady reißt mich aus meinen Gedanken. Inzwischen klingt sie ziemlich sauer.

„Ich würde jetzt wirklich hingehen, sonst gibt's mit Sicherheit Ärger", ermahnt mich Minchen wie beim letzten Mal.

„Den gibt's sowieso", seufze ich, trotte aber trotzdem los. Wer weiß, vielleicht hält sich der Ärger dadurch wenigstens in Grenzen.

„Aha", stellt sie fest, als ich bei ihr bin. Schnell packt sie mich am Halfter ... und steckt die Mohrrübe wieder ein.

Na gut, damit hatte ich eigentlich gerechnet. Trotzdem kocht leise Wut in mir hoch, und ich rucke an meinem Führstrick.

Hat sie das wirklich nicht bemerkt, oder tut sie nur so? Ungerührt öffnet sie die Tür des Weidezauns, führt mich an den

Wegesrand und macht das Tor wieder zu. Dann will sie losgehen, doch plötzlich hält sie inne und schaut interessiert die Straße hinunter. Tut sie das vielleicht wegen des Autos, das gerade auf uns zukommt?

Nun macht sie auch noch große Augen! Eigentlich wirkt sie jetzt fast wie ein Pferd, das etwas unglaublich Spannendes gesehen hat und die Ohren spitzt. Für einen Wimpernschlag ist ihr Körper ganz steif geworden, doch nun lockert sie sich schon wieder, reckt neugierig den Hals und starrt den eigenartig flachen, glänzenden roten Wagen an, der gerade mit dem üblichen Benzingestank und schmerzhaft lautem Motorengeröhre an uns vorbeifährt.

„Ein nagelneuer Porsche Carrera, Mann oh Mann", murmelt sie fast schon ergriffen.

Ich hab keine Ahnung, was sie damit meint. Möglicherweise ist die Lady ja auch nur so beeindruckt, weil der männliche Zweibeiner am Steuer es irgendwie geschafft hat, sich in diese Sardinenbüchse von Auto zu zwängen.

Wir gehen in den Hof, wo das merkwürdige Gefährt in einer Ecke parkt. Gerade stellt der Fahrer den Motor ab, dann macht er die Autotür auf.

Aus Mago Neros Stall höre ich ein erfreutes Grummeln, und nun erkenne ich endlich, um wen es sich handelt. Es ist Manfred Eisenbacher, der Besitzer meines Traumhengstes.

„Hallo, Meisje", maunzt es über mir.

Ich halte den Kopf ein bisschen schräg, damit ich einen Blick nach oben werfen kann.

Aha, Streif sitzt in der Luke des Heubodens und schaut auf mich herab.

„Bestimmt erwartest du nicht von mir, dass ich dir viel Spaß wünsche", meint er mitfühlend.

„Mit Sicherheit nicht", antworte ich.

Die Lady bindet mich an einem Ring in der Mauer fest und kramt den Striegel aus ihrem Putzkasten. Währenddessen beobachte ich, wie Mago Neros Besitzer mit festen Schritten zu seinem Hengst geht, der freudig in seinem Gatter hin und her trippelt.

Huch! Ich wäre fast mit meinem Kinn gegen die Schulter der Lady gestoßen, die plötzlich dicht neben mir stehen geblieben ist. Sie nimmt die gleiche, extrem aufmerksame Körperhaltung ein wie eben, und sogar durch die grässliche Wolke ihres Parfüms kann ich wittern, dass ihre Laune sich gerade von Grund auf verändert.

„Was ist denn in deine Besitzerin gefahren?", wundert sich Streif.

„Wenn ich das mal wüsste. So einen Geruch habe ich bei einem Zweibeiner noch nie gewittert", gestehe ich.

Nachdenklich inspiziert der Kater meine Besitzerin von oben herab. „Sie ist im Jagdfieber, eindeutig", stellt er dann fest.

„Wie bitte?", frage ich erschrocken, dann beginnen meine Gedanken sich zu überschlagen.

Na gut, Menschen sind Allesfresser. Sie essen Fleisch, die meisten sogar ziemlich viel. Das kann ich an ihrem Körpergeruch erkennen. Also müssen sie zwangsläufig Jäger sein. Obwohl ...

„Die Zweibeiner haben aber keine Krallen, so wie ihr Katzen. Und ich hab noch nie gesehen, dass einer von ihnen sich wie ein Hund mit gebleckten Zähnen auf einen Hasen gestürzt hat", zweifle ich.

„Natürlich nicht, wie sollten sie auch? Sie haben so armselige Beißerchen, dass sie so was von vorneherein vergessen können", urteilt er. „Also müssen sie es wohl irgendwie anders machen. Trotzdem: Schau dir die Lady doch mal genauer an!"

Er hat schon recht: Ihre Augen sind leicht verengt. Sie presst ihre Lippen zusammen, zieht ihre Schultern ein bisschen hoch und ...

„Sie fixiert den Herrn Eisenbacher wie eine Katze die Maus, nicht wahr?", meint Streif.

„Will sie ihn etwa fressen?", frage ich entsetzt.

„Keine Angst! Die Vertreter der eigenen Art passen bei den Menschen nicht ins Beuteschema", beruhigt er mich.

Uff! Wenigstens wird nicht gleich Blut fließen, denke ich.

„Erwischen will sie ihn trotzdem, aber auf eine andere Art", erklärt der Kater. „Man könnte auch sagen: Sie ist im Ich-will-ihn-haben-Modus."

Verunsichert zucken meine Ohren hin und her. „Was soll das denn schon wieder heißen?"

Nachdenklich reibt er sich mit der Pfote über sein Schnäuzchen. „Das kann ich nicht so genau sagen. Aber ich habe es auf dem Mühlwinklhof schon ein paarmal erlebt. Es passiert nicht allzu häufig, aber das liegt wohl nur daran, dass hier wenige männliche Zweibeiner herumlaufen. Wenn eine Menschenfrau in diesen merkwürdigen Zustand gerät, macht es jedenfalls einen Riesenspaß, sie zu beobachten."

Genau das tue ich gerade. Die Lady hat sich nämlich aus ihrer Erstarrung gelöst. Sie richtet sich auf, klopft sich die Weste ab, streicht sich mit der rechten Hand über die Haare und setzt ein strahlendes Lächeln auf. Dann geht sie langsam zu Herrn Eisenbacher hinüber.

„Siehst du, wie ihre Hüften bei jedem Schritt hin und her schwingen?", bemerkt Streif amüsiert.

Nun geht mir ein Licht auf. „Werden Zweibeinerinnen eigentlich auch rossig?"

„Weiß ich nicht", gesteht er.

„Auf jeden Fall hat sie sich in ihn verliebt", schlussfolgere ich.

„Eher nicht. Eine verliebte Menschenfrau ist erheblich unsicherer. Ich glaube eher, dass sie sich von diesem Mann etwas Bestimmtes verspricht." Er macht eine nachdenkliche Pause. „Vielleicht nimmt er in der Menschengesellschaft einen hohen Rang ein. Oder er hat viel Geld."

„Das glaubst du doch selbst nicht", widerspreche ich. „Sieh dir nur sein Auto an. Wer sich einen größeren Wagen leisten kann, fährt doch nicht so eine Sardinenbüchse."

Manche Menschen haben einen merkwürdigen Geschmack", stellt er fest und beginnt sich das Fell an seinem Bauch zu putzen.

Ich konzentriere mich wieder auf die Zweibeiner.

Herr Eisenbacher hat meine Besitzerin noch nicht bemerkt. Er hat Mago Neros Paddock betreten, gibt seinem Pferd eine Mohrrübe, spricht sanft mit ihm und streichelt ihm mit der linken Hand liebevoll über den Stirnschopf.

„Hallo", begrüßt ihn die Lady mit samtweicher Stimme.

Er klopft seinem Hengst den Hals, dann wendet er den Kopf … und hält kurz inne. Es dauert wirklich nur einen Atemzug, aber in diesem Moment weiten sich seine Augen. Langsam dreht er sich um, und irgendwie scheint er dabei ein bisschen zu wachsen. Gleichzeitig sieht es so aus, als würden seine Schultern breiter werden.

Verdutzt sieht Mago Nero ihn an, seine Ohren spielen verwirrt hin und her. Aber das bemerkt sein Besitzer nicht, weil er gerade in Richtung Ausgang geht.

„Guten Tag", sagt er, als er das Tor halb aufmacht und sich hindurchschiebt.

Die Lady ist am Paddock angekommen. Einen, höchstens zwei Schritte vom Ausgang entfernt bleibt sie stehen und lehnt sich locker an den Zaun. „Da haben Sie ja ein tolles Pferd. Es ist mir sofort aufgefallen, darum freue ich mich, dass ich nun auch seinen Besitzer kennenlernen darf. Er ist ein Andalusier, nicht wahr?"

Herr Eisenbacher macht das Tor zu, ohne seinen Blick von ihr zu nehmen. „Richtig. Mago Nero ist ein PRE, ein Pferd reiner spanischer Rasse, und ein gekörter Hengst."

„Oh", haucht sie. „Sicher ist es gar nicht so einfach, mit ihm zurechtzukommen."

Er macht einen halben Schritt auf sie zu. „Bisher ist er erstaunlich brav."

Bewundernd sieht sie ihn an. Dabei wirft sie ihre langen Haare nach hinten und beugt den Kopf ein wenig nach rechts, sodass man ihren Hals sehen kann. „Dann müssen Sie eine Menge von Pferden verstehen."

„Ich ..." Er räuspert sich. Was ist denn bloß in ihn gefahren?

Mago Nero fragt sich das bestimmt auch, denn er stampft nervös mit dem Vorderhuf auf und wirft unsicher den Kopf. Trotzdem sieht sein Zweibeiner die ganze Zeit nur die Lady an.

„Er hat angebissen", kommentiert Streif mit belustigt bebenden Schnurrhaaren. „Sie hat ihn wie einen fetten Karpfen an der Angel."

„Meinst du wirklich?", zweifle ich. „So dumm scheint er mir gar nicht zu sein."

„Tja, wenn es um Frauen geht, vergessen die männlichen Zweibeiner manchmal das Denken", beteuert der Kater.

Der „dicke Fisch" findet endlich seine Sprache wieder. „Na, ja, wie man's nimmt. Ich habe eine Zeit lang meine Wochenenden bei einem PRE-Züchter verbracht und auf seinen Zuchthengsten Reitstunden genommen. So habe ich auch meinen Mago Nero gefunden."

Er wirft seinem Hengst, der ihn mit gespitzten Ohren mustert, einen stolzen, durch und durch liebevollen Blick zu. „Und ich bin heilfroh, dass wir hier in meinem Heimatort so einen guten Stall gefunden haben. Ich wollte ihm nämlich auf gar keinen Fall zumuten, dass er sein Leben dreiundzwanzig Stunden am Tag in einer nur vier mal vier Meter großen Box fristen muss."

„Dann wohnen Sie schon länger in Bernau?", fragt sie und sieht mit merkwürdig großen Augen zu ihm auf.

Er zuckt die Achseln. „Ich bin halt hier aufgewachsen."

Oha! Nun zieht sie die Schultern ein bisschen hoch, und dabei scheint sie ein wenig kleiner zu werden. „Dann hatten Sie bestimmt eine sehr schöne Kindheit. Der Chiemsee, die grünen Wiesen, die Berge im Hintergrund ... All das ist wunderschön." Doch dann stößt sie einen abgrundtief traurigen Seufzer aus.

„Warum sieht sie denn plötzlich so hilflos aus?", wundere ich mich.

„Dass ich nicht lache!", spottet Streif. „Die Lady ist wirklich die Letzte, die Hilfe brauchen würde. Wenn du mich fragst, ist das alles nur Theater."

„Aber das ist doch total kontraproduktiv", protestiere ich. „Kein männliches Wesen lässt sich mit einem schwachen Weibchen ein.

Eine Stute muss stark und mutig sein, damit sie gemeinsam mit ihrem Hengst ihr Fohlen gegen Raubtiere beschützen kann."

„Als Kater gebe ich dir vollkommen recht", bestätigt er. „Eine Kätzin muss sogar ganz alleine ihre Jungen großziehen. Meine Kinder hätten überhaupt keine Chance, wenn ich mich mit einem Muttertier einlassen würde, das sich nicht selbst zu helfen weiß. Schwache Katzenfrauen sind so was von unattraktiv ... Da bewahre ich meinen kostbaren Samen lieber für etwas Besseres auf. Aber die Zweibeiner sehen das irgendwie anders. Sie sind halt rätselhafte Tiere."

„Absolut", bestätige ich. „Trotzdem kann ich dir immer noch nicht glauben."

„Dann sieh einfach genauer hin und warte ab", meint er, bevor er sich konzentriert mit der Hinterpfote am Ohr kratzt.

Tatsächlich. Statt sich angewidert abzuwenden, wirft Herr Eisenbacher der Lady einen teilnahmsvollen Blick zu.

Bedrückt sieht sie ihn an. „Wissen Sie: Ich wohne noch nicht so lange hier. Darum kenne ich kaum jemanden. Das ist gar nicht so leicht. Oft fühle ich mich sehr einsam."

„Ich kann Sie gut verstehen", beteuert er. Dann sieht er sie nachdenklich an. „Wie wäre es, wenn wir das Reiten heute mal ausfallen lassen? Ich kenne nämlich einen sehr guten Italiener, ganz hier in der Nähe. Wir können sogar zu Fuß hingehen. Dorthin würde ich Sie gerne einladen."

„Hab ich's nicht gleich gesagt?", triumphiert der Kater.

„Ich glaub's nicht", stoße ich fassungslos hervor.

Die Lady strahlt. „Von mir aus gerne. Ich bringe nur schnell meine Meisje zurück auf die Weide."

Er nickt. „Ja klar, machen Sie das."

Eilig marschiert sie los. Dabei schaut sie sich noch einmal nach ihm um und schenkt ihm ein hinreißendes Lächeln.

Während er Mago Neros Paddock verlässt, sieht er ihr fasziniert hinterher.

„Freu dich und juble! Heute bleibt sie dir erspart", frohlockt Streif.

„Du glaubst nicht, wie erleichtert ich bin", erkläre ich.

Beim Losbinden bin ich besonders brav, obwohl ich die ganze Zeit die Luft anhalten muss. Und als sie mich durch das große Tor zur Wiese führt, trotte ich gehorsam, aber in möglichst großem Abstand hinter ihr her.

Eddie sieht mich als Erster. Verdutzt hebt er den Kopf, dann wiehert er mir zu. Daraufhin spitzt Minchen die Ohren und setzt sich langsam in meine Richtung in Marsch.

Ich zwinge mich zur Geduld, bis die Lady mich auf die Weide geführt hat und meinen Strick löst. Dann trabe ich ein paar Schritte, mache einen Freudensprung und galoppiere zu meinen Freunden.

„Das ging heute aber schnell", findet Eddie.

Mina dagegen stellt empört fest: „Die hat dich ja nicht mal geputzt."

„Na und? Wenigstens hat sie mich nicht wieder mit gefesseltem Kopf zum Arbeiten gezwungen", erwidere ich. „Stattdessen hat sie die ganze Zeit mit Herrn Eisenbacher geflirtet."

„Mit dem Zweibeiner von Mago Nero? Na so was", wundert sich Minchen.

Eddie platzt beinahe vor Neugier. „Hat er denn angebissen?"

„Und ob", erkläre ich. „Er hat sie sogar zum Essen eingeladen."

Interessiert sieht er zum Hoftor hinüber. „Da kommen sie ja schon."

Mit gespitzten Ohren fixieren wir die beiden.

Redend und gestikulierend bummeln sie unter den hohen Bäumen hindurch, deren Blätter im sanften Wind rauschen, während der Himmel allmählich eine rosa Farbe annimmt.

„Sie scheinen sich bestens zu unterhalten", stellt Eddie amüsiert fest.

Mein Herz wird schwer.

Die Zweibeiner können zusammen sein – einfach so, weil sie das wollen, denke ich. Aber ich darf meinen Geliebten nur von Weitem sehen und ihm sehnsuchtsvoll zuwiehern. Das wird so bleiben, Tag für Tag, Monat für Monat. Falls es sich überhaupt jemals ändert, dann sicher nur zum Schlechten. Denn in diesem Fall wird man uns beide endgültig trennen. Wie um Himmels willen soll ich das nur aushalten?

6
EINMAL HIMMEL UND ZURÜCK

Meine Freunde bemerken nicht, wie bedrückt ich bin, weil sie immer noch fasziniert die beiden menschlichen Turteltauben beobachten.

„Jetzt könnte aber langsam unser Max kommen und uns in den Stall holen", bemerkt Eddie, als wir die verliebten Zweibeiner nicht mehr sehen können. „Ich hab mächtig Hunger auf mein Futter."

„Du hast recht", findet Mina. „Es wird ja langsam Abend. So lange lässt er uns eigentlich nie auf der Weide."

„Ob er uns vergessen hat?", befürchtet der Tigerschecke.

„Bloß nicht!", ruft sie entsetzt aus. „Die nächtliche Feuchtigkeit hier auf der Wiese tut meinen alten Knochen gar nicht gut. Ich will zurück in meinen Stall, und zwar so schnell wie möglich!"

„Ist ja gut. Max kommt bestimmt noch", versucht unser Kumpel sie zu beruhigen.

„Das will ich aber auch schwer hoffen!" Sie ist immer noch ganz aufgeregt.

Da reißt Eddie überrascht den Kopf hoch und starrt in Richtung Tor. „Das gibt's ja wohl nicht!", schnauft er. „He, Meisje, schläfst du? Sieh doch endlich auch mal hin!"

Na gut, dann werd ich halt mal aufschauen.

Mir bleibt beinahe das Herz stehen.

Das darf ja wohl nicht wahr sein. Das ... das ist absolut unmöglich!

Für einen kurzen Moment schließe ich die Augen.

Nein, ich habe mich nicht geirrt. Klar und deutlich sehe ich vor dem glühend roten Himmel einen schwarzen Hengst, der mit wehender Mähne und erhobenem Schweif über die Straße auf uns zu trabt. Es ist Mago Nero!

„Worauf wartest du noch? Das ist deine Chance!", ruft Mina aus, und weil ich immer noch stocksteif dastehe, zwickt sie mich kräftig ins Hinterteil.

Der kurze Schmerz reißt mich aus meiner Erstarrung. Erschrocken trete ich aus, dann galoppiere ich los, so schnell, wie ich noch nie in meinem Leben gelaufen bin, hin zu Mago Nero, zu meiner großen Liebe!

Er ist stehen geblieben und sieht mich mit gespitzten Ohren an.

„Achtung, der Elektrozaun!", wiehert Eddie.

Aber ich achte nicht darauf, ja ich werde sogar noch schneller, die weißen Bänder kommen näher, dann habe ich sie erreicht. Ich spüre einen heftigen Schmerz in meiner Brust und in den Vorderbeinen, ein elektrischer Schlag fährt durch meinen Körper, doch gleichzeitig zerreißt der Zaun, und ich bin frei, bin bei meinem Geliebten!

„Weg von hier!", ruft er mir zu, bevor ich abbremsen kann.

Ich fahre auf der Hinterhand herum und renne los, neben ihm her über den grasbewachsenen Streifen links von der Straße, weg von den Menschen mit ihren Gattern und Zäunen, mit ihren Sporen und Peitschen, der Freiheit entgegen!

„Schneller!", schnauft er und bleibt dicht hinter mir, ja, er treibt mich regelrecht mit angelegten Ohren und gesenktem Kopf vor sich her.

Wir schwenken nach links, überqueren ein frisch gepflügtes Feld, springen über einen Bach, rennen über eine große Wiese, laufen einen Weg entlang und werden erst langsamer, als uns die schützende Dunkelheit des Waldes umgibt.

Locker traben wir jetzt nebeneinander her, und ich beobachte ihn fasziniert: seine wehende, dunkle Mähne, die langen, schlanken Beine und die starken Muskeln unter seinem glänzenden Fell, auf dem zuckend die goldenen Strahlen der sinkenden Sonne spielen, wenn sie durch die Zweige über uns fallen.

Nach einiger Zeit nehmen wir einen schmalen Pfad, der noch tiefer in den dichten Wald hineinführt. Tannenäste schlagen uns ins Gesicht, gierig greifen Dornenranken nach unseren Hufen, doch wir eilen immer weiter vorwärts.

Als feine Nebelschleier zwischen den Stämmen zu tanzen beginnen, öffnet sich vor uns eine kleine Lichtung. Dort halten wir endlich an.

Wir sind frei, und wir sind zusammen, sage ich mir noch einmal. Aber ich kann es immer noch nicht richtig glauben.

Doch er steht wirklich vor mir, mein Geliebter. Der Himmel über ihm leuchtet orangegrau, schon funkeln blass die ersten Sterne. Beinahe unwirklich sieht Mago Nero aus, er scheint regelrecht im ziehenden Nebel zu schweben. Und er schaut mich an mit seinen wunderschönen dunklen Augen.

„Wie hast du es nur geschafft, aus deinem Stall zu entkommen?", frage ich, immer noch fassungslos.

Seine Augen funkeln belustigt. „Das war ganz einfach: Mein Zweibeiner war von deiner merkwürdig riechenden Besitzerin so fasziniert, dass er die Tür meines Paddocks nicht richtig zugemacht hat. Ich musste nur noch abwarten, bis sich gerade mal kein Mensch auf dem Hof befand, und schon war ich draußen. Aber das ist jetzt nicht mehr wichtig." Mit weit geöffneten Nüstern atmet er meinen Geruch ein. Dann stößt er sein tiefes Hengstwiehern aus und kommt langsam auf mich zu.

Ich bleibe ruhig stehen, während er mich am ganzen Körper beschnuppert und mich immer wieder zärtlich beknabbert, bis mein Herz wie wild klopft, bis ich kaum noch atmen und keinen klaren Gedanken mehr fassen kann.

Dann geschieht, was ich mir so sehnsüchtig gewünscht habe.

Huch! Etwas hat mich angestupst.

Nein, ich werde meine Augen nicht öffnen. Ich will nicht aufwachen, ich will ihn weiterträumen, diesen unglaublich schönen Traum, in dem ich endlich, endlich mit Mago Nero zusammen sein kann.

Oh! Da hat mich schon wieder etwas angestoßen, kräftiger diesmal. Und nun brummelt eine Stimme: „He, du Schlafmütze! Wach endlich auf!"

Jetzt öffne ich meine Augen aber doch ... und im Licht des anbrechenden Tages sehe ich ihn.

Ja, er ist es wahrhaftig, er steht wirklich neben mir: Mago Nero, schwarz und stark und schön. Über ihm verblassen die Sterne, und die ersten Vögel fangen schüchtern zu singen an.

„Ich ... also, ich habe geglaubt, dass ich alles nur geträumt hätte", gestehe ich, immer noch verwirrt.

Er schnaubt belustigt. „Von wegen! Es ist wahr. Ich bin bei dir. Und wenn du willst, möchte ich dir etwas zeigen. Aber wir dürfen nicht mehr zu lange warten. Wenn es richtig hell wird, müssen wir uns ja wieder vor den Menschen verstecken."

„Worauf wartest du noch?", fordere ich ihn auf.

Er trabt sofort los, zurück auf den schmalen, mit Dornen bewachsenen Pfad. Diesmal geht es in die andere Richtung, zwischen dicht stehenden, nebelumtanzten Bäumen hindurch, über Gestrüpp und große Schlammlachen, umgestürzte Stämme und einen schmalen Bach, während die Vögel ihr Morgenkonzert anstimmen. Geschäftig läuft ein Dachs über unseren Weg. Wir begegnen einer Wildkatze, die lauernd vor einem Mäuseloch hockt, und einem Bussard, der hoch über uns auf einem abgestorbenen Stamm sitzt, laufen an einem Rudel Rehe vorbei, dessen Mitglieder uns interessiert betrachten.

Irgendwann verbreitert sich unser Pfad, vor uns wird es immer heller. Dann verlangsamt Mago Nero seine Schritte, denn wir haben den Waldrand fast erreicht.

Noch ein paar Schritte, dann sehe ich, was er mir zeigen wollte.

„Wie schön!", murmle ich.

Vor uns liegt eine große, feuchte Wiese, und dahinter erstreckt sich eine Wasserfläche, die so riesig ist, dass sie bis an den Horizont reicht. Kleine Wellen schlagen leise gluckernd an den steinigen Strand, Enten und Blesshühner paddeln nahe am Ufer, hinter ihnen ziehen elegante Schwäne ihre Bahnen. Im Schilf steht ein Reiher, der geduldig und still auf Beute lauert.

Über uns ist der Himmel flammend rot. Nicht mehr lange, und die Sonne wird aufgehen.

„Ist das der Chiemsee?", frage ich.

„Aber ja", antwortet Mago Nero. „Als ich mit meinem Zweibeiner spazieren gegangen bin, sind wir hier vorbeigekommen. Ich durfte sogar im Wasser plantschen."

„Das möchte ich auch!", rufe ich aus und laufe sofort los.

„Vorsicht!", warnt er mich. „Hier gibt es moorige Stellen, wo du stolpern und sogar stecken bleiben kannst."

Er hat absolut recht. Im letzten Moment mache ich eine Vollbremsung vor einer riesigen Pfütze, und ein paar Schritte danach weiche ich einer schlammigen Stelle aus, nur um wenig später über ein trügerisch glitzerndes Loch zu springen. Dann habe ich das Wasser erreicht und trabe mit so viel Schwung hinein, dass die Tropfen in alle Richtungen spritzen. Blitzschnell ergreifen ein paar Fische die Flucht, und die Enten quaken laut Protest. Aber das kümmert mich nicht, denn das Baden im Chiemsee macht einen Riesenspaß! Ich patsche mit meinem Vorderhuf ins Wasser, bis ich von oben bis unten nass bin und das Wasser mir in kleinen Rinnsalen aus der Mähne läuft.

„Gefällt's dir?", fragt Mago Nero. In sicherer Entfernung steht er fast bis zum Bauch im See und sieht mir amüsiert zu.

„Und wie!", juble ich und schüttle mich kräftig.

„Du siehst so glücklich aus und so wunderschön", meint er. Dann schreitet er langsam auf mich zu, bis er so nahe bei mir ist, dass ich seinen warmen Atem spüren kann. Mein Herz beginnt schneller zu schlagen, und ich biege mich ihm regelrecht entgegen.

Wieder beginnt er mich zu beschnuppern, knabbert liebevoll an meinem Hals, meiner Schulter, meinem Rücken ...

Und während die Sonne wie ein glühend roter Feuerball über dem Chiemsee aufgeht, feiern wir noch einmal unser Zusammensein.

Was war das? Erschrocken blicke ich auf und spitze die Ohren.

Aber ich kann nichts mehr hören. Bestimmt habe ich mich geirrt.

Nun steht die Sonne schon recht hoch am Himmel. Vor einiger Zeit haben wir uns in den Wald auf unsere Lichtung zurückgezogen, und jetzt grasen wir zwischen Tannenschösslingen und blühenden Blumen. Hier herrscht ein wunderbarer Frieden. Die ersten Schmetterlinge und summenden Bienen fliegen zwischen den Blüten umher, Vögel zwitschern, im Wald klopft ein Specht, und neben einem morschen Baumstumpf jagt ein Fuchs nach Mäusen.

Da fliegt mit warnendem Krächzen eine Krähe auf! Mago Nero reißt den Kopf hoch und horcht angespannt, auch der Fuchs hält lauschend inne. Dann höre ich es ebenfalls: Menschen!

Sie kommen schnell näher.

Jetzt ist es totenstill auf der Lichtung. Kein Vogel singt, der Specht klopft nicht mehr, und der Fuchs ist blitzschnell im Unterholz verschwunden.

Prustend stößt Mago Nero die Luft aus. „Lass uns von hier abhauen!"

Sofort setzen wir uns in Bewegung. Langsam und so leise wie möglich gehen wir zum Waldrand, verkriechen uns immer tiefer zwischen den dunklen Tannen, bis ihre Stämme so eng stehen, dass wir uns nicht mehr zwischen ihnen hindurchzwängen können. Dennoch werden die Menschen immer lauter, schon meine ich, einzelne Stimmen unterscheiden zu können.

Woher wissen sie, wo wir sind?, überlege ich, dann werde ich steif vor Angst. Denn was ich gerade gehört habe, war eindeutig ein Hecheln. Sie haben Hunde!

Mein Herz beginnt wie rasend zu pochen.

Auf Mago Neros Fell bilden sich feuchte Flecken. Aus seinen aufgerissenen Augen leuchtet die Furcht, und sein Blick sagt mir, dass wir weitermüssen, ganz schnell!

Also gehen wir wieder los, egal wohin, so lange, bis der Wald lichter wird und sich einige Buchen unter die Nadelbäume mischen. Nun können wir schneller gehen, und bald fangen wir trotz des tiefen Waldbodens an zu traben.

„Wir haben's geschafft! Hunde können zwar so schnell laufen wie wir, aber die Menschen nicht", triumphiert mein Geliebter.

Bald erreichen wir einen grasbewachsenen Weg und gehen in Galopp über.

Nun erst überkommt auch mich die Erleichterung. Nein, jetzt können uns die Zweibeiner ganz sicher nicht mehr folgen!

Wir werden noch schneller, springen über umgestürzte Bäume und matschige Pfützen, passieren eine Lichtung, laufen an einer Horde Wildschweine vorbei und vertreiben ein Eichhörnchen, das uns beleidigt anfiept, um dann blitzschnell einen hohen Baum hinaufzuklettern.

Nach einiger Zeit fällt mehr Licht durch die Äste, und unser Weg wird breiter.

„Da vorne scheint der Wald zu Ende zu sein", schnauft Mago Nero.

Wir gehen wieder in Trab über.

„Vielleicht lauern sie dort auf uns", warne ich ihn angstvoll und werde noch langsamer.

„Ja, wir müssen vorsichtig sein", stimmt er mir zu.

Witternd und lauschend tasten wir uns weiter. Aber von den Menschen und ihren Hunden ist nichts mehr zu hören, riechen können wir sie auch nicht. Ungestört singen die Vögel in den Bäumen, ein Rehbock grast zufrieden am Wegesrand und hebt neugierig den Kopf, als wir uns ihm nähern. Auch der Marder, der hungrig an einem toten Raben frisst, fühlt sich weder von uns noch von etwas anderem gestört.

„Die Luft ist rein, glaube ich", urteilt mein Geliebter, als wir den Waldrand erreicht haben. Dennoch schauen wir uns zuerst gründlich um, bevor wir uns zwischen den Bäumen hervorwagen.

Aber weit und breit ist kein Zweibeiner zu erblicken. Stattdessen sehe ich vor uns wieder den Chiemsee. Wir müssen recht nahe an der Stelle sein, an der wir eben gebadet haben, denn vor uns erstreckt sich die große Wiese. Doch dahinter liegt nicht die kleine Bucht, sondern ein regelrechter Wald aus hohem Schilf, zwischen dem Enten und Blesshühner schwimmen.

Mago Nero tut einen vorsichtigen Schritt, dann noch einen.

Ich folge ihm ... und halte erschrocken inne, denn ich habe etwas gehört, ganz leise. Es klang fast wie ... Hundegebell!

Da ist es wieder! Jetzt höre ich auch menschliche Stimmen, noch weit entfernt. Dennoch bin ich mir ziemlich sicher, dass es die gleichen sind wie eben.

Wieder bellt der Hund, lauter diesmal. Sie kommen näher!

Angst steigt in mir auf wie eine mächtige Welle, sie türmt sich höher und immer höher und will mich verschlingen. „Schnell! Wir müssen uns im Schilf verstecken, denn im Wasser können uns die Hunde nicht wittern", schnaufe ich und renne los.

„Vorsicht, der Sumpf!", erinnert mich Mago Nero.

Erschrocken bremse ich ab, doch zu spät! Ich gerate ins Rutschen, schlittere weiter – und stecke mit allen vieren in einem Wasserloch.

Die Panik überrollt mich endgültig. Verzweifelt kämpfe ich gegen den hungrigen Sog des teuflischen Morastes, ja ich tobe regelrecht ... und bekomme die Vorderbeine frei, stelle sie auf festen Boden und versuche mit aller Kraft, meine Hinterbeine aus dem Schlamm zu ziehen.

Ich brauche mehrere Versuche, dann bin ich endlich mit allen vieren auf sicherem Grund.

Schweißnass, über und über voller Schlamm, stehe ich da und ringe mit pumpenden Flanken nach Luft. Doch nach ein paar hektischen Atemzügen dringt schon wieder eine menschliche Stimme zu mir, sie ist ganz nahe, und sie jagt mir einen Schauer über den Rücken. Denn sie gehört eindeutig und zweifellos der Lady!

Egal, wie erschöpft ich bin, wir müssen weiter. Ich will auf Mago Nero zugehen, der vorsichtig zu mir gekommen ist, doch schon beim ersten Schritt fährt ein derartiger Schmerz durch mein rechtes Hinterbein, dass ich sofort wieder anhalte. Erschrocken atme ich tief durch, dann versuche ich es noch einmal. Aber der Schmerz ist so schlimm, dass mir nun absolut klar ist: Wir haben verloren.

„Du musst alleine weiterlaufen", erkläre ich.

„Ohne dich gehe ich nicht. Niemals", widerspricht er.

„Nein, das darfst du nicht. Flieh! Sie werden bald hier sein", dränge ich ihn.

Da höre ich wieder das beängstigende Hecheln. Dann, eigenartig hoch und schrill, die Lady. Sie muss aufgeregt oder wütend sein, denn ihre Stimme klingt so hysterisch, dass ein Schwarm Blesshühner auffliegt und die Enten eilig vom Ufer wegpaddeln.

Doch Mago Nero reagiert nicht. Es ist, als habe sich ein Schleier über seine Augen gelegt. Klar und deutlich lese ich in seinem Blick, dass er aufgegeben hat.

Aber das kann doch nicht sein! Meine Verzweiflung und meine Angst um ihn sind so groß, dass sie doch noch über die Schmerzen siegen. Mühevoll humple ich zu ihm hin und stupse ihm nachdrücklich mit den Nüstern in den Bauch.

Er beachtet es nicht.

Aber ich gebe nicht auf, will ihm die Flanke zwicken ... da höre ich Herrn Eisenbachers Stimme: „Kommt hierher! Ich glaube, wir haben sie gefunden. Sie müssen am Chiemsee sein."

„Ach du meine Güte, wie sollen wir sie denn in diesem Matsch wieder einfangen?", jammert die Lady.

„Indem wir nasse Füße kriegen natürlich."

Das war ja Irina! Selbst im Traum hätte ich nicht damit gerechnet, dass sie auch hier ist.

Nun höre ich die Stimme von Max. Und was er sagt, lässt mir das Blut in den Adern gefrieren. „Braaav gemacht, guter Pollux!"

Oh nein! Ist das wirklich wahr? Pollux, den ich für meinen Freund gehalten, dem ich fest vertraut habe ... Er hat uns verraten!

Jetzt verlässt auch mich endgültig der Mut. Die Menschen werden immer lauter, das Hecheln des Verräters kommt näher und näher, aber ich senke ergeben den Kopf.

Da spüre ich Mago Neros warmen Atem an meinem Hals. „Auf Wiedersehen, Geliebte. Was immer sie mit uns machen, ich werde dich niemals vergessen."

Noch einmal, ein allerletztes Mal, gleiten seine Nüstern zärtlich über meine Schulter, meinen Bauch ... Ich schließe die Augen, will an nichts denken, will meine unendliche Trauer nicht spüren, nur noch seine liebevolle Berührung fühlen, die langsam über meine Flanke und meine Kruppe wandert.

„Da sind sie!" Der Ausruf der Lady kommt so unerwartet, dass ich erschrocken den Kopf hochreiße.

Sie schiebt sich zwischen den hohen Gräsern und den knisternden Sträuchern hindurch, die am Rande der sumpfigen Wiese wachsen. Dann bleibt sie stehen und sieht mich an; in ihrem Blick liegt eine seltsame Mischung aus Aufregung und unterdrücktem Zorn.

Herr Eisenbacher tritt neben sie. Aber jetzt sieht er nicht sie an, sondern Mago Nero.

„Da bist du ja, du Ausreißer", sagt er mit abgrundtiefer Erleichterung in der Stimme und setzt sich langsam in seine Richtung in Bewegung.

Mein Geliebter weicht ein paar Schritte zurück.

Sofort bleibt sein Zweibeiner stehen und fordert ihn ruhig auf: „Na komm schon, du Lausbub!"

Nun erst bemerke ich, dass er in seiner linken Hand ein Halfter und einen Führstrick hält.

Ratlos spielen Mago Neros Ohren hin und her.

„Ich kann dich ja verstehen", fährt sein Mensch fort. „Der Ausflug mit deiner hübschen Freundin hat dir bestimmt viel Spaß gemacht. Aber jetzt ist es vorbei, leider." Dann streckt er behutsam seinen Arm aus.

Diesmal bleibt Mago Nero stehen. Seine Nüstern beben, zögernd reckt er den Kopf in die Richtung seines Zweibeiners.

„Na also. Wir beide verstehen uns schon, du und ich", lächelt Herr Eisenbacher. Er macht einen vorsichtigen Schritt, dann noch einen.

Mein Geliebter rührt sich immer noch nicht. Stattdessen beobachtet er seinen Besitzer mit gespitzten Ohren.

Dann hat sein Mensch ihn erreicht. „Guter Junge", murmelt er und streichelt ihm über die Nüstern.

Mago Nero seufzt leise, doch er lässt sich widerstandslos das Halfter überstreifen.

„Puh", macht Herr Eisenbacher, als er den Führstrick eingeklinkt hat, und legt ihm die Hand auf den Hals. Ich kann ihm seine Erleichterung sogar ansehen, denn er scheint ein Stückchen kleiner zu werden, ja er sinkt geradezu in sich zusammen.

„Okay." Auch Max klingt, als wäre eine Zentnerlast von ihm abgefallen. Er geht ein Stück nach vorne, dann sehe ich den Kopf des Verräters.

„Soll ich Ihre Meisje holen, Frau Hohenstein?", fragt Max.

Sie wirft ihm einen stechenden, beinahe verächtlichen Blick zu, der eindeutig sagen soll: „Das tue ich wohl besser selbst. Schließlich ist mein Pferd von Ihrer schlecht gesicherten Weide abgehauen."

Er zuckt nur die Achseln. Und sie setzt sich gleich in Bewegung. Mit zügigen Schritten kommt sie auf mich zu, und nun sehe ich, dass auch in ihrer linken Hand ein Halfter und ein Führstrick baumeln.

Nein, ich will nicht zu dir zurück, um keinen Preis! Lieber nehme ich die Schmerzen in Kauf und gehe rückwärts.

„Ruhig jetzt! Bloß nichts überstürzen", ermahnt sie Herr Eisenbacher.

Tatsächlich wird die Lady langsamer. Dann bleibt sie sogar stehen – vielleicht, weil ich gerade meine Ohren flach an den Kopf gelegt habe?

„Du, ich bin ganz cool, ehrlich", behauptet sie. Doch ihr Körper spricht eine andere Sprache. Beim Anblick meiner angelegten Ohren hat sie die Schultern hochgezogen und ihre Lippen fest zusammengepresst; sie fixiert mich mit geweiteten Pupillen und starrem Blick. Trotzdem streckt sie ihre scheußlich riechende Hand in meine Richtung aus.

„Na komm schon", sagt sie und geht wieder auf mich zu. Prompt wird ihre üble Witterung stärker.

So ist das also! Du hast eine Höllenangst vor mir, dennoch willst du, dass ich dir gehorche. Glaubst du denn im Ernst, dass ich jemandem folge, der feige und schwach ist und mich nicht beschützen kann?

Langsam weiche ich zurück, immer weiter. Dabei überschlagen sich meine Gedanken: Was soll ich bloß machen? Wie um Himmels willen kann ich jetzt noch vor ihr fliehen?

Dann kommt mir die Erleuchtung: Ich muss ins Wasser, in den Chiemsee! Dorthin wird mir die Lady bestimmt nicht folgen. Dazu ist sie nämlich viel zu empfindlich.

Ohne auf die Schmerzen in meinem Hinterbein zu achten, gehe ich schneller rückwärts. Zügig, aber vorsichtig, damit ich nicht wieder im Morast lande, bewege ich mich auf das schilfbewachsene Ufer zu. Nur gut, dass meine Augen seitlich an meinem Kopf liegen, denn so kann ich weit nach hinten sehen und die verräterisch glitzernden Pfützen früh genug erkennen.

„Verdammt noch mal", murmelt die Lady so leise, dass nur ich sie hören kann. Aber sie läuft weiter hinter mir her.

„Oh je, Meisje lahmt auf der rechten Hinterhand!", ruft Irina aus.

„Auch das noch!", stöhnt meine Besitzerin entnervt.

Kein Wunder, dass Irina es bemerkt hat. Mein Bein tut inzwischen nämlich so weh, dass ich den Schmerz kaum noch ertragen kann. Aber meine Angst und meine Abneigung gegen die Lady sind schlimmer. Nur noch ein paar qualvolle Schritte, dann habe ich das Wasser erreicht, mein Körper verschwindet im knisternden Schilf, dann umspült das Wasser meine Beine bis weit über die Fesseln.

Obwohl die Lady nur zwei, höchstens drei Schritte von mir entfernt ist, bleibt sie am Ufer stehen und sieht mich hilflos an.

Ha!, triumphiere ich. Jetzt kannst du machen, was du willst, du kriegst mich hier nicht mehr heraus. Und freiwillig komme ich ganz bestimmt nicht zu dir. Also geh, wohin der Pfeffer wächst, und lass mich endlich in Ruhe!

Dann kommt mir schon wieder ein Geistesblitz. Ja, genau das werde ich machen! Damit werde ich ihr derart eins auswischen, dass ich sie bestimmt für immer loswerde!

Gedacht, getan: Blitzschnell und völlig unerwartet steige ich auf die Hinterbeine, falle gleich wieder auf alle viere zurück, trete noch mal kräftig mit einem Vorderbein nach – und ein riesiger Schwall eiskaltes Wasser schwappt über meine Besitzerin.

„Iiiih!!!", kreischt sie und weicht ein paar Schritte zurück. Dann starrt sie mich fassungslos an.

Volltreffer! Sie ist von oben bis unten klatschnass. Das Wasser tropft aus ihren Haaren und aus den Ärmeln ihres Sweatshirts, gnadenlos läuft es in ihre teuren Leder-Reitstiefel.

So, das war's mit uns beiden, denke ich und will endgültig im Schilf verschwinden.

Doch da fällt mein Blick auf Mago Nero.

Dort steht er, kraftvoll und wunderschön. Und er schaut mir nach, voller Sehnsucht.

Sein Anblick zerreißt mir fast das Herz. Wie soll ich nur leben ohne ihn? Nun wird niemand mehr bei mir sein, wenn ich müde bin oder wenn es mir schlecht geht. Keiner wird freundlich zu mir sein und mich beschützen.

Nein, ich möchte nicht alleine sein. Kein Pferd will das. Trotzdem ist es immer noch besser, als mich von der Lady schikanieren zu lassen.

Ich atme tief durch und will mich umdrehen.

„He, Meisje, mach keinen Unsinn!"

Das war Irinas Stimme! Sie klang sehr zärtlich, aber auch besorgt. Gerade schiebt sie sich hinter Max und dem Verräter hervor. Dann kommt sie langsam auf mich zu, und dabei sieht sie mich derart liebevoll an, dass mir warm ums Herz wird.

Ach, wenn ich doch zu dir gehören könnte!, denke ich und halte inne – aber nur für einen kurzen Moment! Ein letztes Mal möchte ich ihr freundliches Gesicht und ihr Lächeln sehen.

Kurz bleibt sie bei der tropfenden Lady stehen und nimmt ihr Halfter und Führstrick ab. Doch ihre Augen konzentrieren sich die ganze Zeit nur auf mich.

Achtung, Meisje! Jetzt musst du wirklich machen, dass du von hier wegkommst, warnt mich meine innere Stimme.

Irina streckt ihre Hand aus.

Ich spitze die Ohren und schnuppere.

Sie riecht nach dem schönsten Parfüm der Welt: nach Blättern und Gras und Blumen und nach der treuen alten Mina.

„Brave kleine Maus", lobt sie mich. Dann geht sie, ohne mit der Wimper zu zucken, einen Schritt ins Wasser, ganz so, als wäre es das Selbstverständlichste von der Welt.

Oha, nun ist sie schon ganz nahe bei mir!

Okay, das war's endgültig!, ermahne ich mich. Verschwinde von hier, Meisje, und zwar ein bisschen plötzlich!

Da legt mir Irina ihre weiche Hand auf die Nüstern. Warm fühlt sich das an und so zärtlich …

Meisje, du musst weg von hier!!!, schreit die Stimme in meinem Inneren.

Aber ich höre sie kaum, denn jetzt legt mir Irina ihre Arme um den Hals. Ich lasse es geschehen und genieße dieses unglaublich schöne Gefühl der Geborgenheit, das ich bei einem Zweibeiner schon so lange nicht mehr empfunden habe.

Da stehen wir und bewegen uns nicht. Ich schließe sogar die Augen, weil ich mich bei Irina so sicher fühle. Darum bemerke ich kaum, dass sie mir behutsam das Halfter überstreift. Dann streichelt sie mir zärtlich über den Hals und flüstert: „Gutes Pferd! Ich hab mir doch gedacht, dass du vor mir nicht davonläufst."

Im nächsten Moment klickt der Führstrick, und ich reiße erschrocken den Kopf hoch. Sie hat mich tatsächlich eingefangen! Und ich hab's mit mir machen lassen, einfach so, weil ...

Ja, warum eigentlich?

Weil ich nicht dafür geschaffen bin, einsam zu sein. So wie alle Pferde. Wir möchten bei jemandem sein, der uns lieb hat und uns beschützt.

Wenn ich weggelaufen wäre, hätte mich niemand mehr schlecht behandelt. Keiner hätte mir weh getan. Aber stattdessen hätte ich ständig Angst gehabt: vor Raubtieren, vor Hunger und vor Krankheiten. Nachts hätte ich kaum schlafen können, weil kein anderer da gewesen wäre, der sich mit mir beim Wachehalten abgewechselt hätte. Bald hätte ich mich genauso unglücklich gefühlt wie bei der Lady, wenn auch aus ganz anderen Gründen. Wahrscheinlich wäre ich irgendwann wirklich krank geworden.

Ich seufze leise. Mago Nero ist das alles viel früher klar gewesen als mir. Aber er hatte es mit dem Nachdenken ja auch leichter, denn sein Mensch taugt eindeutig viel mehr als meine Besitzerin. Auch wenn ... Wie hat Streif doch gleich gesagt?

Ach ja: Auch wenn die Lady ihn wie einen fetten Karpfen an der Angel hat. Fragt sich nur: Warum ist ausgerechnet so ein sympathischer Kerl wie er so schrecklich naiv? Könnte es vielleicht wirklich sein, dass die männlichen Zweibeiner beim Anblick einer schönen Artgenossin das Denken vergessen?

Da lenkt Irina meine Aufmerksamkeit wieder auf sich. „Kommst du mit, Meisje?"

Was soll ich denn sonst machen? Natürlich folge ich ihr, obwohl mein Hinterbein sofort wieder scheußlich wehtut.

Als wir das Wasser verlassen, wirft sie mir einen besorgten Blick zu. „Da hast du dir aber ordentlich wehgetan, du armes kleines Friesenmädchen! Die Fessel ist schon angeschwollen. Da muss auf jeden Fall mal der Tierarzt draufschauen." Dann hält sie an und sieht sich suchend um. „Wo ist denn die Frau Hohenstein?"

Ich finde die Lady zuerst, weil sie neben Mago Nero steht. Sie hat sich Herrn Eisenbachers Anorak geliehen und drückt sich fest an ihn. Trotzdem zittert sie erbarmungswürdig vor sich hin.

„Die ist aber empfindlich", murmelt Irina, bevor sie sich zu den beiden in Bewegung setzt. Doch leider bleibt sie viel zu bald wieder stehen, weil sie einen Sicherheitsabstand zu Mago Nero einhalten will. Das bricht mir fast das Herz. Ich wäre so gerne noch ein letztes Mal ganz nahe bei ihm gewesen!

Ab jetzt wird es immer so sein. Die Zweibeiner haben uns getrennt, für den Rest unseres Lebens.

„Meisje hat sich am Hinterbein verletzt", erklärt Irina meiner leidenden Besitzerin. „Sie sollten am besten gleich den Tierarzt rufen."

„Auch d… d… das noch", bibbert die Lady.

„He, das wird schon." Herr Eisenbacher legt ihr den Arm um die Schultern. Wie kann der Mann nur ihren entsetzlichen Geruch aushalten?

Da sehe ich aus den Augenwinkeln, dass Max auf uns zugeht, natürlich mit dem Verräter an der Leine.

Wütend lege ich die Ohren an und scharre mit dem Vorderhuf. Komm mir bloß nicht zu nahe, du blöder Hund!

„Was hast du denn?", fragt Irina und richtet mich zwei Schritte rückwärts, damit ich wieder zur Ruhe komme.

Na gut, dann werde ich mich halt zusammennehmen, denke ich missmutig. Aber der Zorn frisst weiter in mir, und ich werfe dem Hund einen hasserfüllten Blick zu.

Der weiß genau, was ich ihm sagen will, denn er duckt sich und zieht den Schwanz ein.

„Hast ein schlechtes Gewissen, was? Gut so!", brummle ich wütend.

Er will wohl irgendwas sagen. Aber da ergreift sein Besitzer das Wort, und er hechelt nur schuldbewusst vor sich hin.

„In diesem Zustand dürfen wir Meisje nicht nach Hause laufen lassen", erklärt Max. „Am besten sage ich meiner Frau Rosi Bescheid, damit sie Ihr Pferd mit dem Anhänger abholt." Dann mustert er die Lady besorgt. „Sie kann Sie gleich mitnehmen, Frau Hohenstein."

„Das wäre gut", stimmt ihm Herr Eisenbacher zu. „Sonst wird die arme Anneliese noch ernsthaft krank."

Sie sind also schon per Du, stelle ich fest. Das ging ja wirklich schnell!

Die Lady nickt nur. Dabei macht sie ein Gesicht, als hätte sie sich schon jetzt Lungenentzündung und Cholera gleichzeitig eingefangen.

Na gut, die Zweibeiner haben kaum Fell. Aber so furchtbar kalt ist es heute wirklich nicht. Wir haben schon fast Mittag, und die

Frühlingssonne scheint wunderbar warm. Wenn die Lady ein frei lebendes Pferd wäre, würde sie mit ihrer Empfindlichkeit nicht lange überleben. Und jetzt sieht sie den Herrn Eisenbacher schon wieder mit diesem erbarmungswürdigen, Hilfe suchenden Blick an!

Ihm scheint gar nicht aufzufallen, was für ein Theater sie macht. Denn er erwidert ihren Blick mit einem Gesichtsausdruck, als würde er wegschmelzen wie ein Schneemann in der Sonne.

Das soll mal ein Pferd verstehen! Ich schnaube irritiert.

Komisch nur, dass Irina kein bisschen friert. Dabei sind ihre Beine bis weit über die Knie patschnass. Gerade verlagert sie ihr Gewicht von einem Fuß auf den anderen, und dabei quietschen ihre Turnschuhe, weil sie total voller Wasser sind. Trotzdem hat sie ihren rechten Arm über meinen Hals gelegt und lehnt sich locker an mich.

Max wendet sich Mago Neros Besitzer zu. „Ihren Hengst kann meine Frau aber leider nicht mitnehmen. Ich befürchte nämlich, dass er mächtig Krawall machen wird, wenn er so nahe neben einer Stute steht. Und wir wollen ja wohl alle nicht, dass es noch mehr Ärger gibt. Darum schlage ich vor, dass ich ihn nach Hause führe. Sie können dann mit Frau Hohenstein im Auto zum Stall zurückfahren."

„Vielen Dank", freut sich Herr Eisenbacher. „Ich muss nämlich so schnell wie möglich in die Praxis. Meine Patienten warten."

„Sie können bestimmt auch noch mitfahren, Frau Schwälble", schlägt Max vor. „Auf der Rückbank unseres Geländewagens steht zwar eine Kiste voller Halfter, Stricke und Putzsachen, aber für eine Person ist dort sicherlich noch Platz genug."

Sie wirft Herrn Eisenbacher einen kritischen Blick zu, dann erklärt sie zu meinem Erstaunen: „Nein danke. Nach der ganzen

Aufregung habe ich auf einem kleinen Spaziergang Zeit genug, mich wieder zu beruhigen. Außerdem werden beim Laufen meine nassen Füße trocknen. Das ist nur gut so, weil ich gleich noch mit Mina ausreiten möchte."

Ich hab's ja schon immer gewusst: Irina ist eindeutig die bessere Zweibeinerin. Eigentlich ist sie fast wie ein Pferd. Und das will echt was heißen!

7

TIERISCHER KRIEGSRAT

Als wir zurück auf den Mühlwinklhof kommen, berichten mir Minchen und Eddie von etwas Furchtbarem: Mago Nero muss umziehen! Ich kann mich nicht mal von ihm verabschieden, weil ich ihn gar nicht mehr wiedersehen werde. Während die anderen Zweibeiner nach uns gesucht haben, hat Rosi nämlich eine der beiden Krankenboxen auf der Rückseite des Hofes für ihn fertig gemacht. Und zu meinem Schrecken holt sie jetzt auch noch meinen lieben Freund Eddie aus seinem Paddock.

„Ab jetzt wohnst du neben Mago Nero", sagt sie zu ihm, während sie ihn von uns wegführt.

131

Ich bin so entsetzt, dass ich ihm noch nicht einmal „Auf Wiedersehen" zurufen kann. Minchen dagegen wiehert ihm kläglich hinterher.

Als sie auch noch mit ihrem Vorderhuf gegen das Gitter tritt, bleibt Rosi stehen und sieht sich nach ihr um. „Ja, was sollen wir denn machen? Wir können den armen Mago Nero doch nicht ganz alleine stehen lassen. Und der Eddie ist wenigstens ein ruhiger und vernünftiger Zeitgenosse. Der wird's wohl auch mit einem Hengst ganz gut aushalten."

Dann schnalzt sie mit der Zunge, sagt: „Jetzt komm, mein Dicker!" und geht weiter. Eddie folgt ihr brav, doch der Blick, den er uns über die Schulter zuwirft, bricht mir fast das Herz.

Minchen wiehert ihm noch eine Weile nach. Doch irgendwann gibt sie auf, stellt sich an das Trenngatter unseres Paddocks und lässt den Kopf hängen.

Als der Tierarzt kommt, um mein Hinterbein zu untersuchen, stehen wir immer noch traurig nebeneinander. Teilnahmslos lasse ich seine Behandlung über mich ergehen. Zum Glück ist wenigstens die müffelnde Lady nicht dabei! Gleich nachdem wir hier eingetroffen sind, ist sie nämlich in ihr Auto gestiegen. Sie hat nicht mal abgewartet, bis Rosi mich ausgeladen hatte.

„Ich muss jetzt unbedingt heiß duschen und einen warmen Kaffee trinken. Rufen Sie bitte den Tierarzt an?", hat sie noch schnell zu ihr gesagt. Dabei hat sie ein derart klägliches Gesicht gemacht, als müsse sie wegen Unterkühlung ins Krankenhaus.

Irritiert hat Max' Frau ihr nachgeschaut. Dann hat sie ihr zugerufen: „Welchen Tierarzt soll ich denn holen?"

Aber es war schon zu spät, weil die Lady gerade die Fahrertür zugeschlagen hatte.

„Dann werde ich mich halt an den Doktor Mandlhofer wenden", hat Rosi gemurmelt, während sie kopfschüttelnd zu mir in den Anhänger geklettert ist.

Jetzt, wo der Tierarzt gerade mit seiner Arbeit fertig ist, rumpelt das Auto der Lady leider schon wieder durch das große Eingangstor. Sie parkt neben der Scheune, dann steigt sie aus, bekleidet mit einem gefütterten Anorak, neuen Jeans und modischen Sneakers. Als sie auf uns zukommt, weht der Hauch ihres unsäglichen Parfüms zu mir herüber.

„Gut, dass Sie da sind", meint Dr. Mandlhofer, während er noch einmal prüfend seine rechte Hand über meinen Hals und meinen Rücken gleiten lässt.

„Ist es so schlimm?", fragt sie.

„Nein, nein, überhaupt nicht", beruhigt er sie. „Aber ich hätte nicht mehr auf Sie warten können. Gerade hab ich nämlich einen Anruf wegen einer Kolik erhalten."

„Ja, und was mache ich jetzt mit Meisje?", fragt sie.

„Im Grunde ist alles ganz einfach", antwortet er. „Ich habe der Rosi gerade eine Salbe gegeben, mit der Sie bitte täglich das Hinterbein Ihrer Stute einreiben. Außerdem sollte sie etwa eine Woche lang nicht arbeiten. Danach dürfte sie aber wieder fit genug dafür sein, dass Sie vorsichtig anfangen, sie zu bewegen."

„Auch das noch!", seufzt die Lady verärgert.

„Was ist denn?", wundert sich der Tierarzt. „Eigentlich ist doch gar nicht viel passiert. Es hätte wirklich viel, viel schlimmer kommen können. Wenn Sie wüssten, was ich schon alles mit ausgerissenen Pferden erlebt habe … Von gebrochenen Knochen und gefährlich tiefen Schnittwunden über Vergiftungen bis zu schweren Autounfällen war wirklich alles dabei. Einmal haben wir sogar ein

Pferd aus einer Jauchegrube ziehen müssen. Bis zum Hals stand das arme Tier in der stinkenden Brühe. Was wir alles angestellt haben, um es da wieder rauszukriegen ..."

Sie hat ihm offenbar nicht richtig zugehört. „Bis jetzt habe ich die Meisje noch kein einziges Mal geritten", nörgelt sie. „Zuerst hat mir der Max gesagt, dass ich eine Woche warten soll, weil das arme Tierchen sich angeblich erst mal hier eingewöhnen müsse ..."

„Recht hat er", schaltet sich Rosi ein. „Ein Pferd hat auch Gefühle, genau wie wir Menschen. Es ist doch kein Auto!"

„Meisje hat aber mindestens so viel gekostet", gibt die Lady erbost zurück.

Dr. Mandlhofer presst die Lippen zusammen. „Dann sollte Ihnen die Stute jetzt auf jeden Fall so viel wert sein, dass Sie ihr ein paar Tage Zeit lassen. Übrigens wird es Ihnen noch öfter passieren, dass Ihr Pferd krank wird und Sie es eine Zeit lang nicht ... hmm ... nutzen können." Er wirft einen kurzen Blick auf die Uhr. „So, jetzt muss ich aber unbedingt los."

Noch einmal klopft er mir den Hals, dann verlässt er mit schnellen Schritten meinen Paddock. „Rosi hat meine Telefonnummer", sagt er im Gehen. „Rufen Sie mich ruhig an, wenn Ihnen bei Meisje irgendwas verdächtig vorkommt. Auf Wiedersehen."

Eilig geht er zu seinem Auto, das ebenfalls an der Scheune parkt, und steigt ein.

Die Lady verdreht die Augen. „Und spätestens in einer Woche wird eine saftige Rechnung bei mir eintrudeln."

„Ja klar. Aber machen Sie sich mal keine Sorgen. Dr. Mandlhofer ist sein Geld wert. Der versteht seinen Job, glauben Sie mir", versichert Max' Frau.

„Das will ich hoffen", grollt sie. „So, und jetzt fahre ich wieder nach Hause und lege mich ein bisschen hin. Mir ist nämlich immer noch schrecklich kalt. Überhaupt fühle ich mich gar nicht gut. Vor lauter Sorgen habe ich in der letzten Nacht nämlich kaum ein Auge zugetan." Und sie stolziert davon.

Achselzuckend schaut Rosi ihr nach. „Das haben wir ja wohl alle nicht", murmelt sie, dann sieht sie Mina und mich an. „So, ihr zwei kriegt jetzt endlich euer Mittagsheu. Und die anderen Pferde auch."

Die nächsten Tage sind für mich einfach nur furchtbar. Ich vermisse meinen geliebten Mago Nero so sehr! Und der gute Eddie fehlt mir auch. Ich bin so verzweifelt, dass ich mein Kraftfutter den halben Tag im Trog liegen lasse, mein Heu kaum anrühre und meistens mit hängendem Kopf in meinem Paddock stehe. Dabei verliere ich jedes Zeitgefühl. Sogar wenn Irina mir eine Möhre gibt, mich streichelt und mich besorgt mustert, kann ich mich nicht freuen. Und wenn die Lady bei mir auftaucht, mir missmutig über das Fell bürstet und mein Hinterbein mit einer Salbe einreibt, die eindeutig besser riecht als ihr Parfüm, registriere ich das nur halb.

Die ganze Zeit hänge ich meinen Erinnerungen an die glücklichen Stunden mit Mago Nero nach. Manchmal, wenn der Wind günstig steht, trägt er leise sein sehnsuchtsvolles Rufen zu mir herüber. Dann renne ich aufgeregt in meinem Paddock hin und her und wiehere, so laut ich nur kann.

Doch irgendwann dreht sich der Wind wieder, ich kann seine Stimme nicht mehr hören und bin noch trauriger als vorher.

Auffällig oft streicht der gute Streif in meinem Stall herum. „Unter deiner Krippe, ganz hinten in der Ecke, hat sich ein Rudel fetter Mäuse angesiedelt", begründet er seine Aktionen, und tatsächlich trabt er öfter mit stolzgeschwellter Brust aus meiner Box und trägt eine tote Maus zwischen den Zähnen. Trotzdem glaube ich, dass er in Wirklichkeit bei mir sein will, um nach mir zu schauen und mich zu trösten. Warum sonst sollte er nachts fast immer an meiner Brust oder dicht neben meinem Kopf liegen? Wenn sich dann die Mäuse aus ihrem Loch wagen, tut er so, als würde er tief und fest schlafen. Aber am Vibrieren seiner Schnurrhaare und am Zucken seiner Ohren erkenne ich, dass er genau mitkriegt, was gerade passiert.

Irgendwann wagt sich doch tatsächlich der Verräter in meine Nähe. Geduckt und mit eingezogenem Schwanz schleicht er auf meinen Paddock zu. Dann sagt er etwas, das fast wie eine Entschuldigung klingt. Aber ich kann ihn nicht verstehen, weil die Wut in meinen Ohren rauscht und mein Herz einen Kriegstanz trommelt. Der Kerl ist noch nicht ganz am Gatter angekommen, da geht der Zorn mit mir durch, wie ein Blitz schieße ich mit gebleckten Zähnen auf ihn zu und krache scheppernd in den Metallzaun.

Er jault auf und ergreift die Flucht. Doch das kann ich kaum erkennen, weil die Schmerzen in meinem Kopf und in meiner Brust so schlimm sind, dass gelbe Blitze vor meinen Augen tanzen.

Als ich wieder klar sehen kann, rennt er geduckt wie ein räudiger Schakal über den Hof.

„Du Verräter! Warum hab ich dir nur vertraut?", wiehere ich hinter ihm her.

Erschrocken schaut Streif aus meiner Box. Dann maunzt er: „Vielleicht hättest du ihm doch zuhören sollen."

„Er hat absolut recht", stimmt ihm Mina mit betont sanfter Stimme zu.

Meine Antwort ist nur ein verächtliches Schnauben. Dann drehe ich mich von den beiden weg und lasse den Kopf hängen.

Nach ein paar Tagen schaut Dr. Mandlhofer noch einmal bei mir vorbei. Eigentlich wollte er nach einem anderen Pferd sehen, aber Max macht sich wohl Sorgen um mich, denn er hat ihn auf mich angesprochen.

Der Tierarzt sieht sich kurz mein Bein an, dann untersucht er mich gründlich.

„Ich kann nichts Ernsthaftes feststellen", erklärt er danach. „Der Kreislauf ist stabil. Auch ihre Lunge und die Darmgeräusche sind in Ordnung. Vermutlich hat sich die kleine Ausreißerin einfach nur auf ihrem Ausflug überfordert, und jetzt braucht sie ein paar Tage Ruhe. Aber die bekommt sie ja auch."

„Da bin ich aber beruhigt", seufzt Max. „So, wie das arme Mädel die ganze Zeit über dasteht, hab ich mir ernsthaft Gedanken gemacht."

„Das ist wirklich nicht nötig", beruhigt ihn Dr. Mandlhofer noch einmal. „Aber wenn sich Meisjes Zustand verschlechtern sollte, melden Sie sich wieder bei mir, okay?"

Eigentlich finde ich den Mann ganz sympathisch. Trotzdem bin ich heilfroh, als er mich endlich in Ruhe lässt, denn jetzt kann ich wieder in meinen Träumen versinken. Vielleicht werde ich sogar ein bisschen schlafen. In den letzten Tagen bin ich nämlich furchtbar müde. Fast könnte man meinen, dass Max mir jeden Morgen ein Beruhigungsmittel ins Futter mischt. Aber das kann ich nicht glauben.

Der einzige Zweibeiner, der sich nach Dr. Mandlhofers Besuch immer noch Sorgen um mich macht, ist Irina. Weiterhin bringt sie mir heimlich eine Möhre mit, wenn sie ihr Minchen besucht, und dann bleibt sie jedes Mal lange bei mir. Ihre Karotte fresse ich wirklich immer, obwohl ich gar keinen Hunger habe – nur weil sie von ihr kommt.

Manchmal, wenn außer ihr kein Zweibeiner auf dem Hof ist, kommt Irina sogar zu mir in den Paddock. Dann betastet sie mein verletztes Hinterbein und lehnt sich gegen meinen Hals, um zärtlich meine Mähne zu zausen.

Liegt es vielleicht an ihrem Verhalten, dass Minchen mich neuerdings oft so kritisch beäugt? Ist sie auf ihre alten Tage vielleicht eifersüchtig geworden?

Allmählich wird mir klar, dass das nicht der Grund sein kann. Ihre Blicke werden nämlich von Mal zu Mal besorgter.

Irgendwann spricht sie mich mit sanfter Stimme an: „In der letzten Zeit schläfst du unglaublich viel."

„Kann schon sein", antworte ich kurz angebunden. Gerade hab ich nämlich so wunderschön von meinem Mago Nero geträumt. Mir war, als würde ich noch einmal seine Nüstern spüren, die zärtlich über mein Fell glitten, und seine Zähne, die mich behutsam beknabberten. Als Mina mich weckte, hat mich die Erkenntnis, dass das alles gar nicht wahr ist, wie ein Peitschenschlag getroffen.

„Du scholltescht auch mehr freschen", rät mir Streif, der gerade mit einer toten Maus im Maul aus meinem Stall kommt.

Ärgerlich schüttle ich meine Mähne. Können die mich nicht einfach in Ruhe lassen, damit ich weiterschlafen, weiterträumen kann?

Aber sie sind nun mal meine Freunde. Darum frage ich: „Warum?"

„Weil wir uns Sorgen um dich machen", antwortet Mina.

Gerade wollten mir schon wieder die Augen zufallen. Doch ich nehme mich zusammen und brumme: „Ich möchte dich mal sehen, an meiner Stelle."

„Dass du unglücklich bist, verstehen wir doch alle", erklärt sie. „Aber das meine ich nicht."

Langsam geht sie mir wirklich auf die Nerven! „Was denn sonst?", knurre ich unwirsch.

Der Kater setzt sich auf seine Hinterbeine und lässt die Maus auf den Boden fallen. „Deine Augen gefallen Minchen nicht", erklärt er. Dabei klingt er fast wie Dr. Mandlhofer, wenn er eine Diagnose von sich gibt.

Aha, ihr beiden habt also schon hinter meinem Rücken über mich geredet, registriere ich beleidigt. Soll ich das etwa nett finden, oder wie?

„Was Streif gesagt hat, stimmt nur so halb. Eigentlich gefallen mir deine Augen nämlich schon", widerspricht Mina. „Und glaube mir: Ich kenne diesen Ausdruck."

Ich werfe ihr einen ratlosen Blick zu.

„Den haben nur Stuten", fährt sie fort. „Nur ganz bestimmte Stuten, um genau zu sein."

Nun komm doch endlich zur Sache!, denke ich entnervt.

Aber sie sagt nichts mehr. Stattdessen schaut sie mich wieder so merkwürdig an …

Fast hab ich das Gefühl, als könne sie durch mich hindurch sehen. Das ist total unangenehm.

„Also ehrlich, mir reicht's jetzt", verkünde ich, drehe mich um und tapse in Richtung meiner Box.

„Ja, ich bin mir wirklich ganz sicher", stellt sie nun fest. „Du trägst ein Fohlen."

Wie bitte???

Mit einem Schlag bin ich hellwach. Erschrocken bleibe ich stehen und versuche zu begreifen, was sie gerade zu mir gesagt hat. Aber irgendwie funktioniert das nicht ganz.

„Du spinnst wohl", bringe ich schließlich mit Mühe heraus.

„Das tut sie mit Sicherheit nicht", erklärt der Kater seelenruhig. „Vor zwei Jahren stand mal eine Hannoveranerstute namens Calinda in deinem Stall. Nur eine Woche nachdem sie hierher gekommen war, hat Minchen ihr auf den Kopf zugesagt, dass sie tragend war."

„Trotzdem hat es Monate gedauert, bis sie mir geglaubt hat", erinnert sie sich. „Dann hat sie uns gestanden, dass sie ein Schäferstündchen mit einem ausgebüxten Shetlandponyhengst gehabt hatte. Das Kerlchen war so klein, dass es unter dem Zaun ihrer Weide durchkriechen konnte. Tja ..."

Streifs Schnurrhaare zucken amüsiert. „Damit die beiden zusammenkommen konnten, ist die große Calinda in einen Bachlauf geklettert, und der Hengst hat seinen Job vom Ufer aus gemacht. Offenbar war die Methode sehr erfolgreich."

Ich hab nur halb mitbekommen, was die beiden gesagt haben, denn die Gedanken schießen mir durch den Kopf wie Blitze bei einem Unwetter. Am Ende kommt die Erkenntnis nicht aus meinem Verstand, sondern aus meinem Herzen: Ich bekomme ein Fohlen! Und es stammt von meinem Geliebten, von Mago Nero!

Plötzlich breitet sich eine riesengroße Freude in mir aus. Ich könnte springen, buckeln, toben vor Glück! Am liebsten würde ich zu ihm laufen, um ihm die frohe Nachricht zu verkünden. Aber das geht ja leider nicht.

„Sagst du es ihm, Streif?", frage ich darum.

„Deinem Mago Nero? Na klar", erklärt er mit leuchtenden Augen.

„Das ist nett von dir. Aber jetzt würde ich das wirklich noch nicht machen", rät Mina. „Leider sterben Fohlen in den ersten drei Monaten der Trächtigkeit nämlich ziemlich oft. Ihre toten kleinen Körper werden dann im Mutterleib abgebaut, und niemand merkt, dass es sie einmal gab."

„Es sei denn, man hat deinen erfahrenen Stutenblick", wendet der Kater ein.

„Mit niemand meine ich: kein Zweibeiner", erläutert sie.

„Nein! Das darf nicht passieren! Ich will Mago Neros Fohlen nicht verlieren", beteuere ich entsetzt.

„Ja klar. Darum hab ich dir doch geraten, dass du mehr fressen sollst", erklärt Streif.

„Okay, alles klar. Ich fange gleich damit an", versichere ich. Plötzlich hab ich sogar Hunger. Einen Riesenhunger, um genau zu sein.

Ich will sofort in meine Box zur Futterkrippe gehen, doch Minchen ruft mir nach: „Warte mal! Das hat noch ein bisschen Zeit. Wir müssen dringend etwas besprechen."

Ach ja? Was denn? Ich drehe mich um und gehe zu den beiden an den Zaun.

„Das Problem sind die Menschen", beginnt Mina.

„Wer denn sonst?", seufzt der Kater.

„Aber warum?", wundere ich mich. „Die freuen sich doch bestimmt über ein Fohlen. Das tut doch jeder."

„Das sollte man meinen", murmelt sie.

„Manche machen das tatsächlich", erklärt Streif. „Andere dagegen ... Ich kann mich noch gut an Calinda, die Hannoveranerstute, erinnern. Sie hat ihr Fohlen unbemerkt in einer Frühlingsnacht zur Welt gebracht, denn ihre Besitzerin hatte bis zum Schluss nichts gemerkt."

„Sie hatte aber auch überhaupt keine Ahnung von trächtigen Stuten", wirft Mina ein.

„Sicherlich nicht", stimmt er ihr zu. „Unser Max hat nämlich schon einen Verdacht. Doch er hat nichts gesagt, weil er sich nicht sicher war. Calinda wurde halt nicht besonders rund, weil ihr Fohlen nicht übermäßig groß war."

Die Augen der alten Haflingerstute blitzen amüsiert. „Sein Papa war ja auch ein Shetlandpony."

Mein Katzenkumpel nickt. „Jedenfalls hat Max einen Riesenschrecken bekommen, als er am Morgen nach der Geburt in den Stall gekommen ist. Ich hab alles live mitgekriegt, weil ich im Nachbarstall Mäuse gejagt habe."

„Und dann?", drängle ich, weil er nicht sofort weiterspricht.

„Er hat sofort Calindas Besitzerin angerufen, und die ist auch gleich gekommen", erinnert er sich. „Sie war kreidebleich, total geschockt. Aber dann hat sie das niedliche Fohlen gesehen und über das ganze Gesicht gestrahlt. Dieses niedliche Kerlchen würde sie für nichts in der Welt wieder hergeben, hat sie erklärt."

„Menschen sind halt unberechenbar", seufzt Minchen.

„Das kannst du laut sagen", stimmt der Kater zu. Dann hockt er sich hin und beginnt sich leidenschaftlich mit der Hinterpfote am Ohr zu kratzen.

Das darf ja wohl nicht wahr sein!, denke ich und hake nach: „Was ist denn aus dem Fohlen geworden?"

„Eine bildhübsche Ponystute, braun-weiß gescheckt und ungefähr so groß wie ich", fährt Mina an seiner Stelle fort. „Surprise, wie die Menschen sie genannt haben, hatte eine dichte, lange Mähne, kräftige Beine und besonders große, schöne Augen."

„Am Ende wurde sie aber doch verkauft", wirft Streif ein, der mit seiner Fellkosmetik fertig ist. „Sie wollte halt Springturniere reiten. Dafür käme so ein Pony ja wohl nicht in Frage, meinte ihre Eigentümerin."

„Das gibt's doch nicht", stoße ich erschüttert hervor. „Die arme Calinda!"

„War alles halb so schlimm", beruhigt er mich. „Ihr Fohlen war damals ungefähr drei Jahre alt und schon lange selbstständig. Außerdem hat ihre Zweibeinerin großen Wert darauf gelegt, eine gute neue Besitzerin zu finden."

„Eine Freizeitreiterin hat sie gekauft. Sie wohnt in Übersee, also gleich hier im Nachbarort", ergänzt Minchen. „Bei ihr geht es Surprise wirklich gut. Erst vor Kurzem hab ich die beiden noch mal getroffen, als ich mit Irina ausgeritten bin. Weil unsere Reiterinnen ein bisschen miteinander geredet haben, konnten wir uns auch unterhalten."

„Na gut", erkläre ich erleichtert. „Aber wo liegt dann mein Problem?"

„Nicht alle Menschen sind wie Calindas Besitzerin", gibt der Kater zu bedenken.

„Eben", unterstützt sie ihn. „Es gibt auch Zweibeiner, die ein Fohlen einfach im Mutterleib töten lassen."

Vor Entsetzen bleibt mir die Luft weg. „Aber ... aber das kann doch gar nicht sein", stottere ich, als ich wieder atmen kann.

„Doch, leider", widerspricht mir Streif. „Für einen erfahrenen Tierarzt ist das absolut machbar. Ich habe es sogar mal mitgekriegt."

„Und wir fürchten, dass deine Frau Hohenstein nicht viel Federlesens machen wird", urteilt Mina.

Bei ihren Worten wird mir eiskalt, denn mir ist sofort klar, dass sie vollkommen recht hat. „Ja, und was mache ich jetzt?", frage ich hilflos.

Ernst schaut der Kater zu mir auf. „Sie darf auf gar keinen Fall merken, dass du ein Fohlen trägst."

„Auch das ist ein Grund, warum du unbedingt wieder normal fressen musst", erklärt Minchen. „Sonst macht sie sich irgendwann doch noch Sorgen, und dann holt sie den Tierarzt. Der wird ziemlich bald feststellen, was mit dir los ist."

„Das bedeutet: Wenn sie dich reitet, musst du so tun, als würdest du vor Energie fast platzen und dir alle Mühe der Welt geben", fügt Streif hinzu.

„Auf jeden Fall, auch wenn du von der Trächtigkeit müde bist", unterstützt ihn die Haflingerstute. „Egal, wie es dir wirklich geht, du musst immer voll bei der Sache sein. Schaffst du das?"

„Natürlich", erkläre ich voller Überzeugung. Mir bleibt doch gar nichts anderes übrig! Die Menschen haben mir schon meinen Mago Nero genommen, da will ich wenigstens sein Fohlen behalten!

„Gut", urteilt sie. „Das verschafft dir erst mal ein paar Wochen Zeit. Aber dann ..."

„Max wird garantiert irgendwann merken, was los ist", unterbricht sie mein Katzenfreund. „Er weiß ja auch, dass du mit einem Hengst unterwegs gewesen bist. Und sobald er den Verdacht hegt, wird er mit deiner Besitzerin reden."

„Dann hast du wieder ein Problem", ergänzt Mina.

„Große Güte!" Inzwischen habe ich das Gefühl, als würde ich mit der Kruppe an der Wand stehen. Die beiden haben völlig recht, das ist absolut klar. Und ich will mein Fohlen retten, koste es, was es wolle! Was soll ich denn bloß tun?

Mit bedeutungsvollem Blick schaut Streif zu mir hoch. „Sieh zu, dass du die Lady loswirst."

„Richtig", unterstützt ihn Minchen. „Das ist die einzige Möglichkeit, fürchte ich."

Verwirrt sehe ich von einem zur anderen.

„Bringe sie dazu, dich zu verkaufen", schlägt der Kater vor.

„An einen Menschen, der es wirklich gut mit dir meint", ergänzt die alte Stute.

„Und wie soll das gehen?", frage ich.

Verlegen zuckt Streif mit dem Schwanz. „Über diesen Punkt haben wir uns schon mächtig den Kopf zerbrochen. Aber uns ist nichts eingefallen."

„Leider", fügt Mina hinzu. „Darum haben wir einen Vorschlag. Aber den wirst du bestimmt total unmöglich finden."

„Auf gar keinen Fall darfst du jetzt einen Wutanfall kriegen", warnt mich der Kater.

„Nur raus damit", fordere ich die beiden auf.

Zu meinem Erstaunen klettert er erst mal aus meinem Paddock hinaus. Dann hockt er sich hin und sieht mich ernst an. „Du solltest Pollux hinzuziehen."

„Niemals!" Zornig stampfe ich mit dem Vorderbein auf.

„Aber ...", beginnt Minchen.

In mir kocht jetzt derart die Wut hoch, dass ich mit flach angelegten Ohren auf sie losgehe.

Obwohl ich nur in das Trenngatter beißen kann, weicht sie ein paar Schritte zurück.

„Wie naiv seid ihr eigentlich? Bei der ersten Gelegenheit wird er mich noch einmal verraten", schnauze ich und scharre so heftig mit dem Huf, dass eine Staubwolke aufwirbelt.

„Er hat dich nicht verraten", beteuert Streif.

„Ach ja?", grolle ich. „Warum hat er denn dann die Zweibeiner auf uns gehetzt?"

„Weil ihm nichts anderes übrig blieb", erklärt Mina.

„Hahaha! Ich lach mich tot", schnaube ich und scharre weiter.

„Sie hat recht", unterstützt sie der Kater, den ich inzwischen nur noch durch die Staubwolke sehen kann.

„Das glaubst du doch selbst nicht", protestiere ich.

„Oh doch", versichert er. „In der Nacht, in der ihr ausgebrochen seid, war ich meistens bei Max im Haus. Darum weiß ich genau, dass Pollux von Anfang an gerochen hat, wohin ihr gelaufen wart. Als Max sich mit ihm auf die Suche nach euch machte, hat der arme Hund trotzdem so getan, als könne er eure Spur nicht wittern. Und das, obwohl die Lady und Herr Eisenbacher unserem Max die ganze Zeit heftige Vorwürfe gemacht haben! Angeblich soll er die Zäune nicht sicher genug gemacht und nur Billigschlösser für die Paddocks gekauft haben und so weiter und so fort."

„Das ist doch Unsinn!", widerspreche ich. „In Wirklichkeit hat Mago Neros Besitzer die Tür zu seinem Paddock nicht richtig zu gemacht."

„Ja, das hat dein Schatz mir auch erzählt", seufzt Streif. „Aber die Menschen hatten davon natürlich keine Ahnung. Stell dir vor: Frau Hohenstein hat dem armen Max sogar angedroht, dass sie dich in einen anderen Stall bringen wolle, wenn sie euch nicht bald finden würden."

„Deswegen hatte Pollux ein furchtbar schlechtes Gewissen", berichtet mein Katzenkumpel. „In der Nacht wurde das sogar noch schlimmer, weil Max sich die ganze Zeit schlaflos im Bett herumgewälzt hat. Aber da hat Pollux euch immer noch nicht verraten. Doch als sich die Zweibeiner am nächsten Morgen wieder auf die Suche machten, war Herr Eisenbacher drauf und dran, die Polizei einzuschalten. Das habe ich laut und deutlich mitgekriegt. Ich hab nämlich über ihm in der Scheunenluke gesessen, als er es gesagt hat."

„Da erst hat Pollux sich entschlossen, die Zweibeiner doch noch zu euch zu führen", schaltet sich Minchen ein. „Ihm war klar, dass ihr sowieso keine Chance mehr hattet, weil die Polizei jede Menge ausgebildete Spürhunde mitbringen würde."

„Das hab ich nicht gewusst", gebe ich zu.

Ein paar Atemzüge lang muss ich nachdenken. Dann schaue ich auf und erkläre bedrückt: „Vielleicht war ich wirklich ungerecht."

„Pollux ist dir trotzdem nicht böse", versichert der Kater. „Er kann dich sehr gut verstehen."

„Na wenigstens", seufze ich.

„Bist du unter diesen Umständen einverstanden, dass wir ihn zu unseren Beratungen hinzuziehen?", will Mina wissen.

„Also, hm ... keine Ahnung", gestehe ich.

„Du musst dich nicht sofort entscheiden", erklärt sie geduldig.

„Genau. Jetzt frisst du dich erst mal satt und überlegst in aller Ruhe", schlägt Streif vor.

Im nächsten Moment richtet er sich auf, fixiert mit zuckendem Schwanz den Eingang zur Futterkammer und murmelt geistesabwesend: „Da drüben spaziert die fetteste Ratte herum, die ich je gesehen habe." Dann duckt er sich und schleicht auf leisen Pfoten davon.

Die Nacht vergeht, und ich kann vor Sorgen kaum ein Auge zutun. Trotzdem weiß ich am Morgen immer noch nicht, ob ich es schaffe, Pollux zu unserer nächsten Besprechung zuzulassen. Zwar ist mir jetzt völlig klar, dass er wirklich nicht anders konnte. Trotzdem war er es, der die Zweibeiner zu uns geführt hat, und der Schrecken und der Schmerz darüber sitzen so tief, dass ich ihm das nicht verzeihen kann.

Am Nachmittag taucht die Lady wieder auf. Sie marschiert zu mir, legt mir das Halfter an und führt mich zum Putzplatz. Und nachdem sie mich kurz sauber gemacht hat, holt sie doch tatsächlich die Longiersachen aus der Sattelkammer!

Oh nein, bitte nicht! Ich lege die Ohren an und weiche so weit zurück, wie mein Strick es nur zulässt.

„Nix da!", grollt sie. „Der Tierarzt hat gesagt, dein Bein wäre wieder in Ordnung. Also ist die Faulenzerei jetzt ein für alle Mal vorbei. Ich will dich doch so bald wie möglich endlich mal reiten."

Zum Glück fällt mir wieder ein, was Streif mir geraten hat: Auf gar keinen Fall darf ich mir anmerken lassen, wie müde ich bin. Also werde ich mich in mein Schicksal fügen, koste es, was es wolle.

Widerstandslos lasse ich es über mich ergehen, dass sie mir wieder mit den fürchterlichen Ausbindern meinen Kopf bis fast auf die Brust zieht. Angstvoll stapfe ich hinter ihr her zum Longierplatz, und dann tue ich alles, was sie will. Doch bald kommen die Schmerzen – zuerst in meinem Nacken, dann im Rücken und schließlich auch in meinen Beinen. Außerdem geht mir irgendwann fast die Luft aus, weil die Lady mich treibt und treibt, als müsse ich demnächst ein Rennen gewinnen. Dabei hab ich eine ganze Woche lang nicht mehr gearbeitet – und ich erwarte ein Fohlen! Meine Verzweiflung wird immer größer und mit ihr die Furcht. Wie soll ich diese Schikanen nur aushalten, Tag für Tag und Woche für Woche, während in mir drin das Fohlen wächst?

Das hier muss so schnell wie möglich ein Ende nehmen. Ich brauche wirklich jede Hilfe, die ich kriegen kann. Darum wird Pollux bei unserer nächsten Besprechung dabei sein, beschließe ich, als sie nach einer viel zu langen Zeit endlich Schluss macht und ich total erschöpft hinter ihr her zurück zum Putzplatz schleiche.

Tatsächlich hockt der Hund noch am gleichen Abend geduckt vor Scham und hechelnd vor Verlegenheit neben Streif an meinem Paddock. Jetzt, wo er so nahe bei mir ist, glaube ich wieder die Stimmen der Menschen zu hören, die Mago Nero und mich verfolgen. Fast habe ich das Gefühl, dass ich noch einmal voller Angst durch den Wald fliehe. Prompt droht wieder die Wut in mir aufzusteigen, aber ich nehme mich zusammen und tue so, als wäre nichts gewesen.

„Das ist also der Stand der Dinge", erklärt Streif, der meine verzweifelte Lage noch einmal zusammengefasst hat. „Wenn Meisje die Lady nicht loswird und wenn sie keinen besseren Besitzer findet, bevor jemand merkt, dass sie ein Fohlen erwartet, dann …"

Mina schlägt angespannt mit dem Schweif.

„Äh …", beginnt Pollux schüchtern. „Also, hm … ich finde, dass Irina sie kaufen sollte. Die ist für einen Zweibeiner doch wirklich prima. Und jeder Blinde sieht, wie gern sie Meisje hat. Außerdem versteht sie jede Menge von Pferden, sie ist ja sogar Tierheilpraktikerin."

Oh! Das hab ich noch gar nicht gewusst!

„Außerdem … also …", fährt der Hund zögernd fort. „Es wird wohl nicht mehr allzu lange dauern, bis …"

„Sprich's ruhig aus! Ich weiß doch selbst, dass meine alten Knochen sie nicht mehr lange tragen können", gesteht die Stute traurig.

Ach, Irina! Wenn ich an sie denke, wird mir warm ums Herz. Allerdings …

Mina fasst meine Gedanken in Worte: „Doch leider, leider ist sie chronisch knapp bei Kasse. Ich bin mir sicher, dass sie Meisje sofort kaufen würde, wenn sie das könnte. Aber sie muss schon jeden Cent dreimal umdrehen, damit sie mich durchfüttern kann."

„Das weiß ich doch auch", erklärt Pollux. „Darum müssen wir dafür sorgen, dass sie so schnell wie möglich zu Geld kommt."

„Du hast vielleicht gut reden", seufze ich.

Ein paar Atemzüge lang starrt er nachdenklich vor sich hin. Dann hebt er den Kopf, und seine Augen beginnen zu leuchten. „Eine Wölfin, die kein Rudel hat, braucht einen Wolf."

„Irina nicht. Sie und ihre Tochter kommen sehr gut alleine klar. Außerdem würde sie jeden männlichen Zweibeiner sofort wegbeißen", beteuert Minchen. „Seit ihr Freund sie sitzen gelassen hat, als sie von ihm schwanger war, hat sie von den Kerlen nämlich die Nase voll."

„Auch das noch!", stöhnt Streif.

Wieder überlegt Pollux eine Weile. „Das macht die Sache wirklich nicht einfacher", gibt er dann zu. „Aber überlegt doch mal: Alleine kann eine Wölfin nur kleine Beutetiere wie Ratten, Mäuse oder Fische fangen. Wenn sie ein Reh oder ein Wildschwein reißen will, braucht sie dazu mindestens einen Partner. Bei Irina ist das nicht wirklich anders, oder?"

Die Barthaare unseres Katzenfreunds beginnen zu vibrieren. „Wie Mina schon sagte: Mit den Mäusen, die Irina nach Hause bringt, kommt sie im Moment gerade so aus. Wenn sie außerdem noch Meisje ernähren soll, muss sie einen erheblich größeren Fang machen."

Aufgeregt wedelt der Hund mit dem Schwanz. „Ich sag's doch: Irina braucht einen Wolf. Und zwar einen richtig starken, der auch noch einen anständigen Charakter hat."

„Das wird sie so schnell aber nicht kapieren", wirft Minchen ein.

Doch Streif bleibt ungerührt. „Es wird halt ein hartes Stück Arbeit."

Für einen Moment spitze ich die Ohren, weil ich aus der Ferne das unverwechselbare Röhren von Manfred Eisenbachers roter Sardinenbüchse höre. Dann hake ich nach: „Du glaubst doch nicht wirklich, dass wir für Irina einen männlichen Zweibeiner auftreiben können, den sie akzeptiert – nach den Erfahrungen, die sie gemacht hat?"

Er fährt sich mit der rechten Vorderpfote über die Nase. „Leicht wird es mit Sicherheit nicht. Aber sieh mal: Wenn wir Kater eine Kätzin rumkriegen wollen, haben wir's regelmäßig schwer. Sogar, wenn sie rollig ist, gibt sie uns erst mal ein paar um die Ohren, bevor wir unseren Spaß …"

„Spaß! Dass ich nicht lache! Wenn's zu Ende ist, kriegt ihr doch schon wieder eins drauf", unterbricht ihn Pollux.

Streif wirft ihm einen verächtlichen Blick zu. „Tja, wer die Gunst eines weiblichen Wesens gewinnen will, muss kämpfen. Das kann man gar nicht früh genug lernen, sogar als Hund. Wenn man zu früh aufgibt, verpasst man nämlich die Belohnung. Und die ist ein paar blaue Flecken wert."

Während wir geredet haben, ist das Motorengeräusch immer lauter geworden. Nun fährt der rote Porsche auf den Hof.

Der Kater fixiert das merkwürdige Auto, das in einem Halbkreis um den Hof fährt und dann an der Scheunenwand parkt.

„Bingo!", maunzt er in einem Ton, als hätte er gerade eine Scheibe Leberwurst stibitzt. „Da hinten ist genau der richtige Wolf."

„Bist du verrückt geworden?", knurrt Pollux. „Der ist doch mit der müffelnden Lady zusammen."

„Und dann hält Irina ihn auch noch für einen arroganten Geld-Heini", ergänze ich.

„Sie hat nämlich vor einiger Zeit ein Interview mit ihm in der Zeitung gelesen. Darin soll er sich ziemlich herablassend über Heilpraktiker geäußert haben", erklärt Mina. „An diesem Tag hat sie pausenlos auf ihn geschimpft, als sie mich geputzt hat. Offenbar ist sie immer noch böse auf ihn."

„Oh Mann! Das wird ja immer komplizierter", stöhnt der Hund.

„Trotzdem ist der Mann mit Sicherheit nicht arm. Schließlich ist er ein bekannter Sportarzt und behandelt jede Menge Prominente", gibt Streif zu bedenken. „Außerdem ist er total in Ordnung, ehrlich."

„Stimmt schon", gibt Pollux zu. „Er ist immer ganz lieb zu uns und streichelt uns oft. Manchmal bringt er uns sogar ein bisschen Fleisch mit."

„Damit ist er alles, was wir brauchen, eben ein durch und durch guter Fang", urteilt sein Katzenfreund.

„Okay, und wie wollt ihr das meiner Irina erklären?", fragt Minchen. „Mit rohem Fleisch kann er sie bestimmt nicht locken."

„Außerdem: Wenn er wirklich so ein toller Kerl ist, warum hat er sich dann ausgerechnet mit der Lady eingelassen?", zweifle ich.

Aufmerksam beobachtet Streif, wie Herr Eisenbacher in die Sattelkammer geht und mit Mago Neros Putzsachen wieder herauskommt. „Fest steht, dass er und diese unsägliche Frau erst seit kurzer Zeit zusammen sind. Eigentlich kennt er sie doch kaum", meint er dann.

„Du glaubst, ihm ist gar nicht klar, was für eine arrogante Ziege sie ist?", fragt Pollux.

„Könnte gut sein", vermutet er. „So, wie die sich letzte Woche an ihn rangeschmissen hat, ist sein Kopf mit Sicherheit immer noch total vernebelt. Und wir haben jetzt die Aufgabe, ihn wieder zum klaren Denken zu bringen."

„Wenn wir das hinkriegen, kann er uns sogar dankbar sein", findet Mina. „Je früher er merkt, wie blöd sie ist, umso besser für ihn."

„Da hast du absolut recht", stimmt ihr der Hund zu.

„Genau", triumphiert Streif. „Überhaupt: Die Menschen können echt froh sein, dass sie uns Tiere haben. Wo wir ihnen doch immer wieder zeigen, wo's langgeht …"

„Eben. Und wenn er die Lady abserviert hat, machen wir ihn geschickt mit Irina bekannt", ergänzt Pollux.

Vielleicht liegen die beiden gar nicht so falsch, überlege ich. Dieser Manfred Eisenbacher könnte für Irina tatsächlich der Richtige sein. Für mich wäre er das übrigens auch, weil ich Mago Nero so sehr liebe und weil der Vater meines Fohlens ist.

Trotzdem habe ich noch jede Menge Zweifel. „Fragt sich nur: Wie wollt ihr das alles hinkriegen?"

Die Augen des Hundes leuchten. „Wir warten einfach auf die richtige Gelegenheit, um die Lady bei ihrem Manfred so richtig mieszumachen. Dann werden wir ja sehen …"

„Anschließend bauen wir für ihn und Irina eine Liebesfalle, der die beiden nicht entgehen können", ergänzt sein Katzenfreund voller Zuversicht.

Ihr redet, als wäre das das Selbstverständlichste von der Welt, denke ich.

Da sitzen sie nebeneinander, die beiden ungleichen Kumpel. Streifs Barthaare beben vor Entschlossenheit. Und Pollux hechelt zwar nach wie vor, aber jetzt nicht mehr aus Verlegenheit, sondern vor lauter Abenteuerlust.

Gut, dass ich ihm erlaubt habe, bei unserer Besprechung dabei zu sein, denke ich, obwohl mein Herz vor lauter Angst immer noch verkrampft ist.

Ob Streif das merkt? „Hab einfach noch ein bisschen Geduld. Vertrau uns! Wir kriegen das schon hin", tröstet er mich.

„Mit Sicherheit", schaltet Pollux sich ein. „Du weißt doch: Wenn eine Katze etwas will, dann kriegt sie es auch."

„Und wenn ein Hund einmal eine Fährte aufnimmt, lässt er nicht mehr davon ab, bis er seine Beute erledigt hat", ergänzt der Kater.

Da haben die beiden auch wieder recht.

8

DIE SATTELKAMMER DES SCHRECKENS

Obwohl wir erst April haben, ist die Luft am nächsten Tag sehr warm. Vor allem die alte Mina stöhnt unter dem eigenartigen Wetter: „Puh, diese Hitze macht mich fertig. Ich hab ja noch kaum Winterfell verloren. Von Jahr zu Jahr dauert das länger, komischerweise."

Zur Antwort zucke ich nur mit dem Ohr, denn mir geht es auch nicht gut. Von der Anstrengung gestern hab ich schlimmen Muskelkater, und mein Hals und mein Rücken waren in der letzten Nacht immer noch so verkrampft, dass ich kaum schlafen konnte. Jetzt bin ich natürlich todmüde.

Den Nachmittag über stehen wir auf der Weide im Schatten des Nussbaumes und verdösen die Zeit.

Als wir am frühen Abend zurück im Stall sind, kommt Streif angeschlichen. „Ich hab Hunger und wollte mal sehen, ob ich bei dir eine Maus erwischen kann. Sag mal, wie geht's dir denn so?"

„Mir ist zu zu warm, ich hab Muskelkater und möchte nur noch schlafen", gestehe ich.

„Kann ich mir denken", meint er mitleidig. „Hoffentlich lässt dich die Lady heute bloß in Ruhe."

Betroffen reiße ich den Kopf hoch. „Du glaubst doch nicht im Ernst, dass sie mich schon wieder so schikaniert wie gestern?"

Ratlos zuckt er mit dem Schwanz. „Du weißt ja: Die Zweibeiner sind eigenartige Wesen, und mit dem Nachdenken haben sie es auch nicht unbedingt. Für sie sehen Pferde einfach nur groß und stark aus. Darum glauben viele, dass ihr beinahe unendliche Kräfte habt. Solche Leute kämen gar nicht auf die Idee, dass ihr im Grunde nicht anders funktioniert als ein Mensch, weil ihr eure Stärke und eure Ausdauer genauso trainieren müsst wie sie selbst."

„Aber das ist doch sonnenklar", protestiere ich.

„Für ein Pferd ganz sicher. Und für einen Zweibeiner ebenfalls, wenn er ausnahmsweise mal sein Gehirn benutzt", schränkt der Kater ein. „Bei der Lady frage ich mich allerdings, ob sie überhaupt eins hat."

Oh je! Wie soll ich es bloß aushalten, wenn sie mich heute schon wieder so rannimmt?

Mit dem Dösen ist es jetzt vorbei. Während Streif aus meiner Box stolziert – die Mäusejagd hat er offenbar schon wieder vergessen –, trete ich unruhig von einem Huf auf den anderen und denke fieberhaft nach. Was soll ich machen, wenn die Lady gleich wirklich hier aufkreuzt?

Soll ich mich vielleicht krank stellen?

Nein, dann holt sie bestimmt den Tierarzt, und der darf mich auf gar keinen Fall untersuchen. Er könnte doch merken, dass ich ein Fohlen erwarte!

Ach, am liebsten würde ich all meine Kräfte zusammennehmen und mich gegen das Gitter meines Paddocks werfen, immer und immer wieder, bis es sich aus seiner Verankerung löst und umkippt. Dann könnte ich einfach losrennen. Nur weg von hier, weg von dieser schrecklichen Zweibeinerin und ihren Schikanen!

Doch dabei könnte ich mich so schwer verletzen, dass ich mein Fohlen verliere. Außerdem würden mich die Menschen schon bald wiederfinden. Spätestens wenn ihnen die Polizei hilft und ihre Spürhunde einsetzt, bin ich verraten und verkauft.

Plötzlich wird mir in aller Deutlichkeit klar, wie sehr die Menschen uns unter Kontrolle haben. Sie bestimmen unser Leben bis in seine letzten Winkel, ja, sie können mit uns tun und lassen, was sie wollen, egal ob es gut oder schlecht für uns ist, ob es uns wehtut, unsere Seele verletzt oder uns total zerstört. Genau das machen sie auch – vielleicht nicht alle, aber viel zu viele.

Verzweifelt stampfe ich mit dem Vorderhuf auf. Wofür halten diese Zweibeiner sich eigentlich? Glauben sie etwa, sie seien die wichtigsten Lebewesen auf der Welt, die Herren über das Tierreich? Dass ich nicht lache! Ausgerechnet sie, die so elend schlecht hören und riechen können, dass sie kaum etwas mitkriegen. Nicht mal die Körpersprache ihrer Mitgeschöpfe verstehen sie richtig, sogar mit den Gesten und der Mimik ihrer eigenen Artgenossen haben sie so große Probleme, dass sie pausenlos reden und reden müssen, um sich überhaupt irgendwie verständlich zu machen. Dabei liest sogar ein halb blindes Tier in ihren Bewegungen und in ihren Gesichtern wie in einem offenen Buch. Aber ausgerechnet diese Geschöpfe haben uns in ihrer Gewalt, und die meisten nutzen das schamlos aus.

Ich bin so aufgeregt, dass ich kaum noch klar denken kann. In meiner Not gehe ich hinaus auf den Paddock. Vielleicht ist die liebe Mina ja auch wieder draußen, und bestimmt kann sie mir einen Rat geben.

Oh nein, da ist die Lady! Sie hat mein Halfter samt Führstrick über die Schulter geworfen und kommt Hand in Hand mit ihrem Manfred auf mich zu.

Entsetzt trete ich ein paar Schritte zurück. Könnte ich jetzt doch nur die Flucht ergreifen, einfach wegrennen!

Doch sie ist schon am Gatter angekommen, gnadenlos steigt der eklige Geruch ihres Parfüms in meine Nüstern.

„Hallo, Meisje!", begrüßt sie mich mit unerwartet sanfter Stimme.

Ich lege die Ohren flach an den Kopf, und sie runzelt die Stirn.

„Ist doch kein Wunder, dass sie bei diesem Wetter keine Lust hat", stellt Herr Eisenbacher fest. „Du solltest sie heute ein bisschen schonen, finde ich. Immerhin hat sie bis vorgestern eine Woche lang nicht gearbeitet. Und dann der Föhn …"

„Mhm", brummt sie. Doch ich fürchte, sie hat ihm gar nicht richtig zugehört, denn sie hat die Tür meines Paddocks geöffnet und kommt herein.

Prompt gehe ich noch weiter rückwärts, bis ich mit der Hinterhand an die Wand meiner Box stoße. Doch ehe ich mich versehe, hat sie mir das Halfter übergezogen.

„Brave Meisje", lobt sie mich, aber ihre angespannte Körperhaltung und der kalte Ausdruck in ihren Augen sprechen Bände. Ich bin mir sicher, dass sie in Wirklichkeit denkt: Wenn du glaubst, dass du mich vor Manfred blamieren kannst, hast du dich aber geschnitten, du stures Vieh!

Die Versuchung, sie in den Arm zu beißen, ist riesengroß. Noch lieber würde ich vor ihr steigen wie damals am See und meine Vorderhufe um ihren Kopf wirbeln lassen. Dann würde sie mit Sicherheit aus meinem Paddock fliehen und hoffentlich so schnell nicht mehr wiederkommen. Doch ich darf keinen Ärger machen. Ich muss brav sein und so tun, als wäre ich voller Kraft und Temperament, obwohl meine Beine, mein Rücken und mein Hals immer noch steif sind und die ungewöhnliche Wärme mir die letzte Energie raubt. Darum tapse ich gehorsam hinter ihr her und lasse mich brav festbinden. Mit hängendem Kopf stehe ich in einer Wolke ihres abstoßenden Geruchs, während sie mir mit ihrem Striegel über das Fell rubbelt und sich dabei lebhaft mit ihrem Manfred unterhält. Ich höre ihnen nur halb zu, aber ich glaube, sie verabreden sich für heute Abend in einem teuren Lokal.

Nach einiger Zeit ist sie auch mit dem Bürsten fertig. Auf Kommando gebe ich ihr alle vier Hufe und wünsche mir flehentlich, dass sie mich danach wieder in den Stall bringt, statt mich in dieses schreckliche Qualgeschirr zu zwingen und zu longieren.

Tatsächlich scheint sich mein sehnlicher Wunsch zu erfüllen. Als sie mit dem Putzen fertig ist, geht sie nämlich zu ihrem Angebeteten, legt ihm die Arme um den Hals und schaut ihm ganz tief in die Augen. Dann küssen sich die beiden leidenschaftlich. Mich scheinen sie völlig vergessen zu haben. Was für ein Glück!

Doch ich hab mich zu früh gefreut, denn nun löst sich Herr Eisenbacher von ihr und erklärt mit merkwürdig rauer Stimme, dass sie nun beide anfangen müssten, wenn sie rechtzeitig im Lokal sein wollten. Anschließend macht er sich in die Richtung von Mago Neros Stall auf den Weg.

Sehnsuchtsvoll schaue ich hinter ihm her, zerre an meinem Strick und wiehere: „Nimm mich miiiiiit! Bitte, bitte nimm mich miiiiit!"

Aber er reagiert nicht. Natürlich nicht.

Als ich mich nach der Lady umschaue, ist sie verschwunden. Doch nur wenige Atemzüge später kommt sie schon wieder aus der Sattelkammer und trägt die Longierausrüstung über dem Arm.

Oh nein, nicht diese grässlichen Folterzügel! Vor lauter Entsetzen kann ich nicht mal die Ohren anlegen. Schicksalsergeben stehe ich da, lasse mir das Geschirr anlegen und den Kopf festzurren.

Als wir losgehen, wird mir schwindelig, und weil ich in meinem gefesselten Zustand viel zu wenig sehen kann, stolpere ich schon nach wenigen Schritten. Fast wäre ich auf die Nase gefallen, doch die Lady reißt mich grob hoch, sodass die Trense schmerzhaft in meine Maulwinkel und in den Gaumen schneidet.

„He, heb gefälligst die Hufe, du Schlafmütze!", schnauzt sie. „Es fehlte noch, wenn du dich schon wieder verletzen und tagelang untätig im Stall stehen würdest. Ich zahle bestimmt nicht jede Menge Stallmiete für dich, damit du nur faul abhängst und dich auf meine Kosten vollfrisst."

Erschrocken und ein bisschen zitternd stehe ich da, aber sie hat sich schon wieder umgedreht und geht so schnell weiter, dass ich auf meinen unsicheren Beinen kaum hinter ihr herkomme.

Dann haben wir den Longierplatz erreicht, und sofort geht's los. Ein paar Runden darf ich noch im Schritt bleiben, doch kaum habe ich mich einigermaßen von meinem Schrecken erholt, lässt sie mich auch schon antraben. Ich gebe mir wirklich Mühe, aber mein Muskelkater quält mich, und wegen der zu eng geschnallten Ausbinder verkrampfe ich mich bald wieder. Allmählich tun mir auch meine Beine weh, und die Wärme erledigt das Übrige: Egal wie sehr ich mich auch zusammenreiße, ich kann heute nicht so schwungvoll vorwärtsgehen, wie meine Besitzerin es will. Bald saust die Peitsche über meine Hinterhand, und die Lady giftet: „Nun latsch doch nicht so blöd rum! Gib dir gefälligst Mühe!"

„Aber das tut sie doch, du dumme Zweibeinerin!", maunzt es am Rande des Longierplatzes.

Ich schiele zur Seite und erhasche einen Blick auf Streif, der mit wütend zuckender Schwanzspitze im Gras sitzt.

Wieder zischt die Gerte, und die Lady ruft: „Pass gefälligst auf! Galopp habe ich gesagt!"

Nein, das kann ich nicht, denke ich, bleibe im Trab und versuche, meinen schmerzenden Hals wenigstens ein bisschen zu strecken. Aber dabei stolpere ich schon wieder, und sofort klatscht die Peitsche mit Wucht auf meine Hinterhand; in einem erschrockenen Reflex trete ich aus, und die Gerte trifft mich schon wieder. Verzweifelt nehme ich all meine Kräfte zusammen und galoppiere an, laufe mit vor Anstrengung geweiteten Nüstern Runde um Runde, bis ich klatschnass geschwitzt bin und kaum noch Luft bekomme.

„Was machst du denn da?"

Das ist die Stimme von Herrn Eisenbacher. Erstaunlicherweise klingt sie diesmal kein bisschen verliebt, sondern eher verdutzt.

„Ich trainiere Meisje. Sie soll so schnell wie möglich wieder fit werden", informiert ihn die Lady. Weil sie ihre Aufmerksamkeit jetzt ihm zuwendet, kann ich heimlich in den Schritt wechseln und endlich wieder durchatmen.

„Fitness kann man doch nicht erzwingen", widerspricht er. „Außerdem ..."

„Du hast sicher recht", unterbricht sie ihn in versöhnlichem Ton. „Aber Trainieren heißt nun mal, dass man ein bisschen über seine Kräft hinausgeht."

„Ein kleines bisschen, ja. Aber doch nicht so!" Seine Stimme ist eindeutig lauter geworden. „Schau dir Meisje doch mal an, die ist ja fix und fertig! Wenn du so weitermachst, wird das arme Tier noch krank. Und die Art, wie du ihr den Kopf fast auf die Brust geschnallt hast ... also, die hat nicht das Geringste mit Training zu tun. So verkrampft sie sich nur, statt die richtigen Muskeln aufzubauen."

„Sie soll aber durchs Genick gehen", gibt sie zurück.

„So lernt sie das ganz sicher nicht." Jetzt klingt er endgültig stocksauer.

„Die Gelegenheit ist günstig. Ich mach hier mal die Fliege und sehe, was ich tun kann", erklingt es aus dem Gras.

Ich verstehe nicht wirklich, was Streif meint. Und im Moment ist es mir auch ziemlich egal, denn gerade fragt die Lady: „Warum willst du mir eigentlich Vorschriften machen? Ich habe als Jugendliche Dressurprüfungen gewonnen. Du nicht."

„Dann müssen die Turnierrichter blind gewesen sein", knurrt er so leise, dass sie ihn bestimmt nicht hören kann.

Stattdessen scheint sie zu glauben, dass ihr Herzallerliebster ihren Erfolgsgeschichten nichts entgegensetzen kann, denn nun strahlt ihr Gesicht Genugtuung aus. „Okay, ich werde jetzt trotzdem Schluss machen, sonst wird es zu spät für unser Abendessen. Schließlich will ich mich vorher noch ein bisschen zurechtmachen."

„Hm", brummt er nur. Mit undurchschaubarem Gesichtsausdruck sieht er zu, wie ich noch ein paar Runden im Schritt um den Longierplatz schleiche. Dann schnallt die Lady endlich, endlich die entsetzlichen Folterzügel los.

Ich strecke den Hals und stoße einen tiefen Seufzer aus.

„Das arme Pferd ist völlig am Ende", murmelt Herr Eisenbacher, diesmal so laut, dass sie ihn versteht.

Sie wirft ihm einen erbosten Blick zu. Und während wir zurück auf den Hof gehen, redet sie kein Wort mit ihm.

Als sie mir mit lauwarmem Wasser den Schweiß aus dem Fell spritzt, kommt Pollux um die Ecke und lässt sich an der Scheunenmauer nieder. „Hast du's endlich überstanden?", stellt er mitleidig fest.

„Mit Müh und Not", gestehe ich, denn ich bin so erschöpft, dass ich mich am liebsten auf die Pflastersteine legen und einschlafen würde.

„Du darfst die Hoffnung nicht verlieren", tröstet er mich.

„Leicht gesagt", murmle ich. Vor Müdigkeit fallen mir fast die Augen zu, und so registriere ich nur beiläufig, dass die Lady mich mit dem Schweißmesser bearbeitet.

Als sie die Putzsachen zusammenräumt, sieht sie ihren Angebeteten auffordernd an. Doch der macht keinerlei Anstalten, ihr zu helfen. Beleidigt zuckt sie die Achseln und verschwindet mit Putzkasten und Longierpeitsche in der Sattelkammer.

„Hilfeee!!!" Ihr Schrei ist so markerschütternd, dass ich erschrocken den Kopf hochreiße.

Alarmiert rennt ihr Manfred los. „Was ist denn passiert?", ruft er – und wäre fast über Streif gestolpert, der mit erhobenem Schwanz aus der Sattelkammer stolziert, ohne ihn auch nur eines Blickes zu würdigen.

Doch dann schnauft Herr Eisenbacher erleichtert: „Gott sei Dank! Ich dachte schon, du hättest dich verletzt."

„Da ... da ist eine Ratte", stottert sie. „Das Vieh ... hockt unter Meisjes Sattel."

Schnurrend vor Vergnügen springt der Kater auf ein Fensterbrett und beobachtet das Geschehen durch das schmutzige Glas.

„Ja und?" Ihr Angebeteter klingt verwirrt.

„So tu doch was!!!"

„Die kreischt, als stünde sie kurz vor dem Kollaps", stellt Pollux fest.

„Na hör mal! Sie wird dich schon nicht fressen. Giftig ist sie übrigens auch nicht." In der Stimme ihres Angebeteten liegt eine Portion Ironie. Trotzdem bewegt sich die Lady gerade im Rückwärtsgang aus dem Raum.

„Ich hätte nie gedacht, dass sie ihre Sache so gut machen würde. Hysterischer kann man ja wohl kaum sein", freut sich Streif.

„Okay, dann gib mir bitte Meisjes Sachen", seufzt Herr Eisenbacher.

„Oh je! Gerade sucht mein Abendessen das Weite", klagt der Kater, als der Zweibeiner mit Putzkiste und Peitsche zurück in die Sattelkammer geht.

„War doch klar. Du wirst dir schon ein neues fangen", tröstet ihn sein Hundekumpel.

„So eine fette Ratte bestimmt nicht", widerspricht Streif. „Das große, dicke Vieh hab ich neulich schon mal gejagt. Diesmal hatte ich es endlich erwischt, aber …"

„Danke, dass du es für mich geopfert hast", sage ich.

„Der braucht sich gar nicht so aufzuregen. Wenn alle Stricke reißen, geb ich ihm ausnahmsweise nämlich gerne was von meinem Futter ab", erklärt Pollux.

„Hundefutter! Bist du wahnsinnig? Willst du mich vergiften?", faucht es empört vom Fensterbrett.

Der Hund wirft Streif einen beleidigten Blick zu. „Da will man nett sein …"

Herr Eisenbacher kommt zu mir und streichelt mir freundlich über den Hals, dann räumt er die restlichen Longiersachen zusammen. Dabei erklärt er der Lady: „Als du eben in die Sattelkammer gegangen bist, hab ich eine SMS gekriegt. Jetzt muss ich noch mal dringend nach einem Patienten sehen. Darum wird's heute Abend leider nichts mit unserem romantischen Dinner. Aber wir können es bestimmt bald nachholen."

Er drückt ihr einen flüchtigen Kuss auf die Stirn, bringt den restlichen Kram weg und geht eilig zu seiner roten Sardinenbüchse.

Enttäuscht schaut die Lady ihm nach. „Wie schade!", haucht sie noch, aber ich glaube, das kann er schon nicht mehr hören.

„Bingo!", jubelt Pollux.

„Er hat eben doch gar nicht auf sein Handy geschaut", wundere ich mich.

Inzwischen hockt der Kater auf dem Fenstersims, als säße er auf einem goldenen Thron. „Richtig", erklärt er. „Und was sagt dir das, hm?"

Ich bin viel zu müde zum Nachdenken, darum tropft die Erkenntnis so langsam wie zäher Honig in mein Gehirn. „Er hat sich doch nicht etwa aus dem Staub gemacht?"

„Aber natürlich." Mit einem geschickten Sprung hüpft er auf den Boden.

Nun erst wird mir das ganze Ausmaß der Entwicklung klar. „Dann hat er vielleicht genug von ihr."

„Mit an Sicherheit grenzender Wahrscheinlichkeit", frohlockt er.

„Wir haben dir doch gleich gesagt, dass wir nur auf den richtigen Moment warten müssen", erinnert mich Pollux. „Der ist sogar schneller gekommen, als ich gedacht hatte. Herr Eisenbacher war ja sowieso schon dabei, sich über die Lady zu ärgern. Da brauchten wir nur noch eins obendrauf zu setzen."

„He!", protestiert Streif. „Wer hat gerade eins obendrauf gesetzt?"

„Du natürlich! Aber wie", lobe ich ihn.

„Im Grunde hat er nur meine Idee mit dem Häufchen im Putzkasten kopiert", brummt sein Hundekumpel.

Doch der Kater rümpft die Nase. „Zu so einer unsauberen Lösung würde ich niemals greifen."

„Komm schon! Ich finde, ihr seid beide genial", erkläre ich. Und das meine ich absolut ehrlich.

Trotz meiner Sorgen und meines schlimmen Muskelkaters schlafe ich in dieser Nacht ganz gut. Ich werde erst wach, als Max am nächsten Morgen mit dem vollen Futtereimer in meine Box kommt.

„Gestern hat dich deine Besitzerin aber fertiggemacht, hm? Armes Pferdchen!", begrüßt er mich, während ich mit schmerzenden Gliedern aufstehe.

Mit geübtem Schwung schüttet er mein Frühstück in die Krippe. „Leider gibt es jede Menge Menschen, die zwar irgendwie reiten können, aber kein Herz und keinen Verstand für euch Pferde haben. Ich fürchte, du hast genau so jemanden erwischt."

Kopfschüttelnd sieht er zu, wie ich zur Krippe stakse und hungrig mein Maul in das Futter stecke. „Und ich Depp hab geglaubt, dass die Frau Hohenstein sich wirklich mit Pferden auskennt, als sie zu mir kam und einen Stall für dich anmietete. Tja, diese Frau versteht es halt prima, die Leute einzuwickeln. Besonders uns Männer. Bei Manfred Eisenbacher hat sie's ja auch hingekriegt. Ach, die Frauen …" Mitleidig klopft er mir den Hals, dann verlässt er den Stall.

Zu meiner Freude betritt bald darauf Irina mit ihrer kleinen Marie den Hof. Minchen und ich wiehern ihr schon von Weitem zu.

Die beiden kommen zu mir an den Paddock, und Marie gibt mir eine Möhre.

Während ich kaue, flüstert mir Irina zu: „Max hat mir erzählt, was die Frau Hohenstein in den letzten zwei Tagen mit dir gemacht hat." Sie schaut sich nach allen Seiten um, dann öffnet sie die Tür und kommt herein, um prüfend mit der Hand über meinen Rücken und meine Kruppe zu tasten.

„Puh!", murmelt sie erleichtert. „Du scheinst tatsächlich in Ordnung zu sein. Deine Besitzerin kann echt froh sein, dass du jetzt keinen Kreuzverschlag hast."

„Mamaaa! Ich will endlich reiten", beklagt sich ihre Tochter.

„Ja klar, ich komme", antwortet sie, streichelt mir noch einmal liebevoll über die Stirn und meint: „Ich gehe jetzt eine Runde mit Mina und Marie spazieren. Danach bringe ich euch beide zum Grasen raus. Versprochen!"

Heute hab ich ausnahmsweise gar keine Lust auf die Wiese. Eigentlich möchte ich mich nur noch ausruhen. Trotzdem wiehere ich Irina nach und scharre mit dem Vorderhuf, als sie und ihre Tochter ihr Minchen zum Putzplatz führen. Ich möchte nämlich unbedingt bei ihnen sein!

Tröstend grummelt mir meine Stallnachbarin zu: „Warte mal ab, Meisje! Wir kriegen es schon irgendwie hin, dass du eines Tages Irina gehörst."

Dein Wort in Gottes Ohr, denke ich und trotte steifbeinig zurück in meine Box.

Einige Zeit später sind wir tatsächlich auf dem Weg zur Weide.

Beim Gehen beobachtet mich Irina mit kritischen Blicken. „Du hast ganz schön Muskelkater", stellt sie fest. „Na, ein bisschen ruhige Bewegung wird dir bestimmt guttun."

Ich seufze leise.

„Schaden kann's dir jedenfalls nicht", urteilt Mina. „Außerdem kannst du dich ja auch einfach ins weiche Gras legen und ein bisschen schlafen. Ich werde schon auf dich aufpassen."

Dankbar sehe ich sie an.

Doch als mich Irina auf der Weide freigelassen hat, fährt mir ein Satz von ihr durch Mark und Bein: „Hoffentlich kommt diese Frau Hohenstein nicht auf die Idee, dich heute schon wieder durch die Gegend zu hetzen."

Entsetzt bleibe ich stehen.

Nein, das wird mir die Lady nicht auch noch antun! Sogar für sie muss irgendwann Schluss sein, beschließe ich nach ein paar erschrockenen Schnaufern und setze mich wieder in Bewegung.

„Auf Wiedersehen, Minchen! Tschüss, kleine Meisje, und viel Glück!", ruft uns Irina zu. Dann geht sie zurück in den Hof, wo ihre Tochter mit Pollux spielt.

Ich stecke meinen Kopf in das duftende Gras und beginne zu fressen. Aber es dauert nicht lange, bis ich mich tatsächlich hinlege. Bald schlafe ich tief und fest.

Vielleicht liegt es ja am Duft der blühenden Blumen, am melodischen Summen der Bienen und am Gluckern des Baches. Jedenfalls träume ich von meinem geliebten Mago Nero. Gemeinsam traben wir über eine riesige Weide. Die Sonne strahlt vom blauen Himmel, und über uns singen die Vögel. Nach einiger Zeit bleiben wir stehen, und er beginnt, mir mit seinen weichen Lippen zärtlich das Fell zu kraulen, genauso wie damals, als wir in dieser unendlich schönen Nacht alleine im Wald waren.

„Nun werd doch endlich wach, es ist wichtig!"

Huch! Das war nicht mein Geliebter, sondern Minchen, registriere ich.

Autsch, jetzt hat sie mir auch noch in die Kruppe gekniffen!

„Endlich machst du die Augen auf", stellt sie vorwurfsvoll fest. „Nein, bloß nicht wieder eindösen!" Sie zwickt mich schon wieder, sodass es richtig wehtut. Verdutzt hebe ich den Kopf.

„Tut mir leid", entschuldigt sie sich. „Es ging leider nicht anders. Da hinten kommt nämlich deine Besitzerin."

Bloß nicht!

Ich wende den Kopf, dann beginnt mein Herz wie wild zu wummern. Die Lady ist nämlich schon auf unserer Weide. Entschlossen wie immer stapft sie durch das hohe Gras auf mich zu.

Ich ignoriere meine schmerzenden Muskeln und stehe auf. Dann beobachte ich mit nervös spielenden Ohren, wie sie näher und immer näher kommt. Ich hab nämlich das Gefühl, dass sie heute irgendwie anders ist. Sie wirkt so ... erregt. Vielleicht ist sie sogar wütend.

„Na toll", begrüßt sie mich schon von Weitem in eisigem Ton. „Du liegst im Schatten und ruhst dich aus, während ich mich für dein Futter und deine Stallkosten abschufte. Dafür will ich jetzt aber auch endlich mal eine Gegenleistung. Heute wird geritten!"

„Dabei tut mir jetzt schon der Rücken weh", stöhne ich.

„Beruhige dich! Wenigstens wird sie dir beim Reiten nicht mit ihren grausigen Ausbindern den Kopf auf die Brust ziehen", versucht Mina mich zu trösten.

„Das kann ich nur hoffen", antworte ich verängstigt.

Ehe ich mich's versehe, ist die Lady bei mir, und ihr übler Mief steigt mir wieder in die Nüstern. Dennoch wittere ich irritiert, denn in ihrem Geruch liegt etwas anderes, Neues ... Leider kann ich es wegen der dicken Parfümwolke nicht richtig einordnen.

„Na also, du läufst nicht mehr vor mir weg. Offenbar lernst du doch noch zu gehorchen", stellt sie befriedigt fest und klopft mir sogar kurz den Hals.

Blödsinn! Gehorchen kann ich schon lange, fragt sich nur, wem!, denke ich erbost.

Da hat sie mir schon das Halfter übergestreift.

Was ist heute denn nur mit ihr los?, frage ich mich, weil ich bei jeder ihrer Bewegungen ihre Anspannung spüren kann.

Nun marschiert sie los, doch ich bin so verwirrt, dass ich nicht gleich mitkomme.

„Na los!", befiehlt sie mit schneidender Stimme.

Jemandem, der so drauf ist wie sie, will ich nicht folgen. Lieber bleibe ich stehen und lege die Ohren an.

Sie fährt herum, die Wut blitzt aus in ihren Augen, und sie zerrt mit solcher Kraft an meinem Strick, dass das Halfter sich schmerzhaft in die Haut hinter meinen Ohren bohrt. Aber ich bewege mich keinen Zentimeter, ja ich lehne mich sogar zurück.

„Verdammt noch mal!", schimpft sie und reißt noch fester.

„Minchen, hallo! Na komm, es gibt Abendessen!", tönt es da vom Weidetor her.

Das ist Irina! Wie schön, dass sie heute noch mal vorbeikommt.

Erfreut wiehernd trabe ich los, so schnell, dass die Lady nicht mitkommt. Der Strick spannt sich kurz, dann lässt sie ihn los, ich springe in den Galopp und erreiche noch vor Minchen den Zaun.

„Hallo, kleine Friesenmaus." Irina klingt ein bisschen amüsiert, aber ich hab keine Ahnung, warum.

Diesmal gibt sie mir keine Möhre. Trotzdem drücke ich meine Nüstern in ihre Armbeuge.

Schnaufend taucht Mina neben mir auf. Und aus den Augenwinkeln sehe ich, dass hinter ihr die Lady aufkreuzt.

„Keine Ahnung, was heute mit Meisje los ist. Sonst kommt sie jetzt immer ganz brav mit mir mit", erklärt sie mit säuerlichem Lächeln.

„Ja klar", antwortet Irina. Aber es klingt, als würde sie denken: „Wer's glaubt, wird selig."

Als die Lady wieder nach meinem Strick greift, wirft sie mir einen mitfühlenden Blick zu.

Ich trotte brav neben meiner Besitzerin her. Aber nur, weil Irina mit Minchen vor mir herläuft!

„Puh! Heute ist es nicht nur warm, inzwischen ist es auch noch ganz schön drückend geworden", stöhnt die alte Stute, als wir durch das große Tor gehen.

Da hat sie absolut recht. Und ich dachte, das würde mir wegen meiner Abneigung gegen die Lady nur so vorkommen.

Die biegt jetzt zum Putzplatz ab, Irina und Minchen dagegen steuern auf die Paddocks zu.

„Nun komm schon! Oder willst du mich schon wieder lächerlich machen?", zischt mir meine Besitzerin zu.

Huch, ich bin ja stehen geblieben!, registriere ich verdutzt.

Doch etwas in ihrem Blick jagt mir einen solchen Schrecken ein, dass ich mich sofort wieder in Bewegung setze. Dann stehe ich an der Mauer, lasse mich von ihr striegeln und frage mich angstvoll, was sie wohl beim Reiten mit mir machen wird.

Als sie die Bürste aus dem Putzkasten kramt, kommt der hechelnde Pollux um die Ecke. „Gleich geht's wieder los, ja? Und das bei diesem Hundewetter."

„Sie will mich reiten", seufze ich.

„Vielleicht lässt sie dabei ja ein bisschen Gnade walten", erklärt er hoffnungsvoll.

„Und wenn nicht?", zweifle ich.

Mitleidig sieht er zu mir hoch. „Man soll nicht immer nur das Schlimmste erwarten. Nicht mal bei den Zweibeinern. Und glaub mir: Mit denen hab ich meine Erfahrung."

Er lässt sich auf seine Hinterbeine nieder. „Ich werde auf jeden Fall mitkommen. Und wenn sie's zu arg treibt, zwicke ich ihr beim Absteigen ins Bein. Versprochen!"

„Besser wär's, wenn du dann Max holen würdest", maunzt es unerwartet von hinten. „Der will der Lady nämlich sowieso mächtig die Meinung sagen. Heute Vormittag hat er heftig über sie geschimpft. Er meinte, sie würde total schlecht mit Meisje umgehen und sie heillos überfordern. Mit der Zeit würde sie sie sogar kaputt machen."

„Das Gefühl habe ich auch", seufze ich. „Und ausgerechnet heute ist sie auch noch mächtig sauer. Allerdings hab ich keine Ahnung, warum."

„Ich aber." Die Barthaare des Katers zittern vor Vergnügen. „Max ist heute nämlich nicht der Einzige, der andauernd vor sich hin redet. Die Lady hat das auch gemacht, als sie eben auf den Hof kam. Darum hab ich mitgekriegt, dass sich ihr Manfred bis jetzt noch nicht bei ihr gemeldet hat. Ans Telefon geht er wohl auch nicht."

„Halleluja!", fiept Pollux so laut, dass die Lady zusammenzuckt und sich verdutzt nach ihm umsieht. Dann legt sie die Bürste weg und greift nach dem Hufkratzer.

Streif stellt den Schwanz auf und reckt sich stolz. „Tja, Teil eins unserer Mission haben wir offenbar erfolgreich hinter uns gebracht. Und wem habt ihr das zu verdanken?"

„Dir natürlich. Du kannst stolz auf dich sein", lobe ich ihn. Und weil ich unseren Hundefreund nicht unnötig verärgern möchte, füge ich hinzu: „Aber Pollux war auch nicht schlecht."

„Ich hab dem eingebildeten Kerl sogar die Idee geliefert", brummt der.

„Komm schon!", protestiert der Kater. „Ohne mich wüsstet ihr jetzt nicht mal, warum die Lady so schlechte Laune hat."

„Stimmt auch wieder", gibt der Hund zu.

„Da siehst du's!" Streif wirft ihm einen arroganten Blick zu. „Man muss halt ganz leise sein und irgendwo sitzen, wo die Zweibeiner einen nicht bemerken: in einer Luke, hinter einem Heuballen, unter der Treppe ... So was kriegst du nicht fertig, weil du dazu viel zu groß bist und weil du nicht klettern kannst."

„Nun gib mal nicht so an", knurrt Pollux. „Andererseits bist du nämlich viel zu klein, um Hasen oder Rebhühner zu fangen. Im Rudel kannst du erst recht nicht jagen, weil Katzen so was von absolut nicht teamfähig sind ..."

„Das brauchen wir doch gar nicht zu sein", faucht der Kater. „Wir kriegen unsere Mäuse nämlich auch alleine, und die schmecken zehnmal besser als so ein zäher Vogel."

„Mäuse fangen kann ich auch", gibt der Hund zurück. „Darum weiß ich genau, dass Rebhühner gegen sie ein kulinarischer Hochgenuss sind. Die sind ganz zart und saftig und ..."

„Nun streitet euch doch nicht, bitte!", unterbreche ich ihn. „Gleich geht's mit dem Reiten los, und ich wäre euch riesig dankbar, wenn ihr mich dann wirklich nicht mit der Lady alleine lassen würdet."

Die schleppt gerade den Sattel herbei und wirft ihn mir derart schwungvoll auf den Rücken, dass ich erschrocken den Kopf hochreiße.

„Ich glaube, das sollten wir wirklich machen", lenkt Pollux ein.

„Oh ja", stimmt ihm Streif zu. „Erst recht, wo gerade ein Gewitter aufzieht. Über den Bergen ist der Himmel schon ganz grau."

„War ja auch zu erwarten, bei diesem warmen, drückenden Wetter. Ich komme gar nicht mehr aus dem Hecheln heraus", beklagt sich der Hund.

„Und ausgerechnet heute will mich die Lady zum ersten Mal reiten", stöhne ich.

Mit gekonnten Griffen schiebt mir meine Besitzerin die Trense ins Maul, schnallt Kinn- und Nasenriemen fest ... und holt zu meinem Schrecken ein Paar Sporen aus dem Putzkasten!

„Au weia", maunzt mein Katzenfreund, als sie sich die Dinger umschnallt. Von einem Moment zum anderen ist sein Schwanz ganz dick geworden.

„Na warte! Sie soll's bloß nicht wagen ...", knurrt der Hund.

Da schnalzt sie schon mit der Zunge und marschiert los. Schicksalsergeben trotte ich hinter ihr her, gefolgt von Streif, hinter dem der hechelnde Pollux herläuft.

„Ihr seid ja eine komische Prozession", wiehert uns Mina zu, die in ihrem Paddock steht und sich von Irina mit einem Schwamm und kühlem Wasser abwaschen lässt.

„Hahaha!", gibt Streif zurück. „Wir wollen nur auf Meisje aufpassen."

„Wenn die Lady es zu toll treibt, holen wir nämlich den Max", ergänzt Pollux.

„Prima!", lobt Minchen.

Sie hat vollkommen recht. Ich bin so unendlich froh, dass meine Freunde mich beschützen wollen!

9
DUNKLE WOLKEN AM HORIZONT

Bald erreichen wir den Reitplatz. Hier bin ich erst ein einziges Mal gewesen, und damals war mein Kopf durch die Ausbinder gefesselt. Darum spitze ich jetzt neugierig die Ohren und sehe mich nach allen Seiten um, während sie mir den Sattelgurt nachzieht und die Steigbügel auf die passende Länge schnallt.

„Außer uns ist niemand hier", stelle ich fest.

„Kein Wunder bei dieser brütenden Hitze", findet Streif. „Schau mal, die Wolkenwand über den Bergen ist noch dunkler geworden."

„Und sie kommt immer näher", fügt Pollux hinzu. „Bestimmt dauert es nicht mehr lange, bis über uns ein Unwetter losbricht."

„Mit Sicherheit", bestätigt der Kater. „Meisje, du bist noch nicht lange hier. Darum hast du keine Ahnung, was bei uns los ist,

179

wenn sich die Regenwolken, die sich an den Bergen aufgestaut haben, endlich entladen."

Oh nein, bitte nicht auch noch das! Ich fürchte mich schrecklich vor Gewittern – vor den gleißenden Blitzen, vor dem erschreckend lauten Donner und vor den Sturmböen, die in meinen Ohren rauschen, sodass ich kaum noch etwas hören kann.

Streif dagegen sieht das Ganze positiv: „Na prima, dann wird ihre erste Reitstunde bald ein Ende haben."

Wollen wir's hoffen!, denke ich. Gerade steigt meine Reiterin nämlich in den Sattel, und prompt tut mein vom Muskelkater geplagter Rücken noch schlimmer weh. Aber ich muss die Schmerzen aushalten, darum spanne ich meine Muskeln an.

Warum merkt sie das eigentlich nicht, sondern nimmt gelassen die Zügel auf und drückt mir die Sporen in den Bauch?

Na gut, wenigstens tut sie das einigermaßen vorsichtig. Zu meiner abgrundtiefen Erleichterung darf ich sogar den Hals strecken und im Schritt gehen.

Runde um Runde trotte ich um den Reitplatz, und dabei lockere ich mich allmählich ein wenig. Allerdings hab ich keine Ahnung, was die Lady währenddessen auf meinem Rücken macht. Günther hat beim Aufwärmen öfter ein bisschen mit mir gesprochen, oder er hat mir die Mähne gekrault. Mit der Zeit ist er mal einen Zirkel geritten oder hat fast spielerisch einige Seitengänge mit mir ausprobiert. Mit ihm habe ich mich keinen Moment gelangweilt, ja, ich hab gar nicht gemerkt, dass wir allmählich mit der Arbeit angefangen haben.

Aber Langeweile ist mit Sicherheit besser als die Schikanen beim Longieren. Darum tapse ich brav weiter, und dabei verfalle ich mehr und mehr ins Dösen.

Huch! Plötzlich hat die Lady die Zügel aufgenommen und mich mit ihren Sporen gekitzelt, darum schrecke ich auf und trabe sofort los. Doch sie hält die Zügel so fest, dass ich sofort wieder in den Schritt wechsle.

Autsch! Warum drückt sie mir denn jetzt ihre Sporen so fest in den Bauch? Was soll ich denn nun machen – langsam gehen oder traben?

Verwirrt schlage ich mit dem Schweif.

„Nun stell dich doch nicht so an, geh endlich vorwärts!", schnauzt sie und sticht mich schon wieder.

Aua! Ist ja gut, dann trabe ich halt an.

Fragt sich nur, warum sie mir immer noch diesen unangenehmen Druck mit dem Gebiss macht. Dem muss ich irgendwie ausweichen, sonst halte ich das nicht lange aus. Also öffne ich mein Maul, und weil das nicht viel hilft, rolle ich den Hals ein und drücke meinen Kopf in Richtung Brust.

Uff, jetzt wird es wenigstens ein bisschen besser.

Aber nicht lange, denn bald schmerzen die Muskeln in meinem Rücken noch schlimmer, außerdem kann ich mal wieder kaum etwas sehen, und richtig durchatmen kann ich auch nicht.

Da erklärt die Lady: „Na also, geht doch!"

Au weia! Ist sie etwa nur zufrieden, wenn ich Schmerzen habe?

Doch darüber kann ich nicht lange nachdenken, denn sie pikst und pikst mich immer weiter mit ihren Sporen. Verzweifelt überlege ich, was sie denn jetzt noch von mir will, gleichzeitig stelle ich meine Ohren seitwärts, um ihr klarzumachen: Ich tue ja alles, was du willst, aber bitte, bitte hör auf, mich so zu quälen!

Aber das versteht sie auch nicht. Wahrscheinlich interessiert es sie auch gar nicht. Also trabe ich mit angespannt schlagendem Schweif und geweiteten Nüstern weiter und immer weiter. Und vor lauter Verzweiflung werfe ich meine Beine so weit nach vorne, wie ich nur kann.

„Ha! Du bist also auch unter mir zu diesen spektakulären Trabaktionen fähig, die du bei Günther gezeigt hast", freut sie sich. „Ich muss auf dem richtigen Weg sein."

Wie bitte? Günther hat lange und geduldig mit mir geübt, bis ich seine Kommandos genau verstehen konnte und meine Hinterbeine und mein Rücken ganz stark waren. Das hat gar nicht wehgetan, im Gegenteil: Es hat Spaß gemacht!

„Aber das sind doch keine spektakulären Trabaktionen, das ist verzweifeltes Gefuchtel mit den Vorderbeinen", ätzt Streif, dessen Barthaare vor Zorn beben. „Wenn das eine Katze merkt, muss es sogar ein Zweibeiner irgendwann kapieren."

„Jedenfalls einer mit halbwegs normaler Intelligenz", fügt Pollux hinzu.

Im nächsten Moment knurrt er wütend.

Nein, halt! Das bedrohliche Grummeln kam gar nicht vom Rand des Reitplatzes, sondern vom Himmel schräg über mir. Also muss das Gewitter sehr schnell näher gekommen sein. Doch ich kann die Wolken nicht sehen, weil ich meinen Kopf nicht heben kann. Darum fürchte ich mich noch mehr.

„Nun pass doch auf, du Schlafmütze!" Wieder fahren mir die spitzen Sporen schmerzhaft in den Bauch, und ich schlage gequält mit dem Schweif.

Ach so, ich hab vergessen, die Beine zu werfen. Ja, wie lange soll ich das denn noch machen? Es ist superanstrengend, und mein Rücken ist jetzt schon ein einziger Schmerz. Das Atmen wird immer schwieriger, und vor Angst und Anstrengung bin ich klatschnass geschwitzt.

Aber was soll ich machen? Fast schon panisch reiße ich die Nüstern noch weiter auf und strecke die Vorderbeine, so gut ich kann.

„Ich kann das nicht mehr mitansehen", brummt mein Hundefreund. „Mal sehen, wo Max ist." Dann steht er auf und trabt in Richtung Hof davon.

„Ich helf dir beim Suchen", maunzt Streif und läuft hinter ihm her.

Gut, dass sie etwas unternehmen, denke ich. Doch im nächsten Moment wird mir klar, dass ich jetzt mit der Lady ganz alleine bin, und meine Not steigert sich ins Unerträgliche.

Bitte, bitte mach endlich Schluss, ich kann nicht mehr!, ist das Einzige, was ich noch denken kann.

Wieder grollt es über mir, lauter diesmal, bedrohlicher. Da gibt mir die Lady die Galopphilfen.

Mit einem Schlag wird der Himmel gleißend hell!

Entsetzt gehe ich mit allen vieren in die Luft und schlage nach hinten aus. Über mir höre ich ein entsetztes Kreischen; ich spüre, wie die quälende Last auf meinem Rücken den Halt verliert, und lande wieder auf dem Boden, meine Reiterin rutscht auf meinen Hals, wieder trete ich mit aller Kraft aus ... und mache einen Satz zur Seite, weil die Lady mit Karacho dicht neben mir auf den Boden plumpst.

Endlich, endlich bekomme ich wieder richtig Luft! Über mir kann ich die eisengrauen Wolken sehen, und ich spüre eine heftige Windböe, die mit Macht über den Reitplatz jagt, den Sand aufwirbelt und in meinen Ohren rauscht.

Neben mir bewegt sich die Lady ein bisschen. Sie stößt ein jammervolles Stöhnen aus, ihre Augenlider flackern. Wieder zuckt grell ein Blitz, und der Himmel öffnet seine Schleusen. Innerhalb von Sekunden bin ich klatschnass.

„Du meine Güte!", höre ich eine erschrockene Männerstimme. Dann bremst der vor Nässe triefende Pollux neben uns ab, und aus den Augenwinkeln sehe ich, dass Max angerannt kommt, so schnell ihn seine zwei kurzen Menschenbeine nur tragen können.

Eher interessiert als besorgt beugt sich sein Hund über die halb bewusstlose Lady. Er beschnuppert sie, während das Wasser aus seinem langen Fell in ihr Gesicht tropft. Dann schleckt er ihr genüsslich mit seiner feuchten Zunge über die Wangen.

„Was ...?", murmelt sie, dann schreit sie laut: „Aaah! Neiiiin!!!" und schlägt entsetzt um sich.

Er weicht ihr mit einem geschickten Hopser aus, dann stellt er belustigt fest: „Jetzt ist sie wenigstens wieder richtig wach."

„Ich fürchte, sie hat einen schweren Schock", schnauft Max, der gerade bei uns ankommt. Besorgt beugt er sich über die bleiche Lady.

„Das ... das unverschämte Vieh ... direkt über mir ... furchtbar!", stößt die hervor.

„Nun beruhigen Sie sich doch! Meisje ist nicht unverschämt. Sie hat sich nur vor dem Blitz erschreckt", erklärt er betont ruhig, während ihm der Regen in kleinen Rinnsalen aus den Haaren läuft.

Die Lady starrt ihn verwirrt an.

„Ha! Er denkt, dass sie sich wegen ihres Sturzes so aufregt", frohlockt Pollux. „Dabei hat sie wegen mir so geschrien und um sich gehauen. Aber Max hat wohl gar nicht mitgekriegt, was ich gemacht habe. Das ist gut, sehr gut! So wird er mich nämlich garantiert nicht ausschimpfen."

„Bei so einem Wetter würde ich ja auch nicht reiten", erklärt sein Zweibeiner gerade.

„Es ... es war aber der Hund", stammelt sie.

Irritiert schüttelt er den Kopf, sodass die Tropfen in alle Richtungen fliegen. „Ich fürchte, Sie haben nicht nur einen Schock, sondern auch noch eine Gehirnerschütterung. Es bleibt mir wohl nichts anderes übrig, als den Krankenwagen zu rufen." Ungeschickt wühlt er mit seinen nassen Fingern in der Hosentasche.

„Von wegen! Der bösartige Köter hat ...", beginnt sie.

Mit flammendem Blick sieht er sie an. „Nennen Sie meinen Pollux nie wieder einen Köter!"

Tatsächlich hält sie den Mund und versucht sich aufzurichten. Doch dann schreit sie laut: „Au!", lässt sich zurücksinken und hält ihr linkes Handgelenk fest.

„Oh je, Sie haben sich auch noch am Arm verletzt", diagnostiziert Max, drückt eilig ein paar Tasten an seinem Telefon und hält es sich ans Ohr.

„So warten Sie doch", bittet sie mit schwacher Stimme.

Wieder erleuchtet ein Blitz den Himmel, gleich darauf kracht der Donner ... und am anderen Ende der Leitung meldet sich jemand.

„Hallo", antwortet Max. „Ich melde einen Reitunfall im Reitstall Mühlwinklhof in Bernau am Chiemsee ... Ja genau, die Adresse stimmt. Es handelt sich um eine weibliche Person. Sie hat vermutlich eine Gehirnerschütterung und einen Schock, vielleicht auch noch ein gebrochenes Handgelenk ... Alles klar, vielen Dank."

Er schaltet sein Handy aus und wendet sich wieder meiner Besitzerin zu. Die hat ihren Widerstand endgültig aufgegeben und liegt schluchzend im nassen Sand.

„Eigentlich sollten Sie ganz still liegen bleiben", überlegt er laut. „Aber bei diesem Unwetter kann ich Sie nicht hierlassen." Er runzelt kurz die Stirn, dann beugt er sich zu ihr hinunter. „Können Sie aufstehen?"

„Ich ... versuch's mal", schnieft sie und schafft es tatsächlich, sich mit seiner Hilfe aufzurichten. Dann schiebt sie vorsichtig ihre Füße unter den Körper und kommt langsam auf die Beine.

„Na also", stellt Max zufrieden fest, während sie sich leicht schwankend auf ihn stützt. „So, nun nehme ich Meisjes Zügel, sie steht ja ganz dicht neben uns. Und jetzt gehen wir alle zusammen gaaanz langsam zurück in den Hof. Dann steigen wir zwei die Treppe hinauf, und Sie legen sich in unserem Wohnzimmer aufs Sofa."

„Er spricht mit ihr wie mit einem kleinen Kind", wundere ich mich, während ich brav neben den beiden hergehe.

Pollux' Augen blitzen amüsiert. „Tja, er glaubt halt, dass sie im Moment nicht richtig denken kann."

„Nach so einem Sturz kann es ja auch sein, dass sie nicht ganz klar im Kopf ist", meine ich.

„Natürlich ist sie nicht ganz klar im Kopf. Aber das ist grundsätzlich immer der Fall. Mit dem kleinen Unfall hat es nicht das Geringste zu zu tun", ätzt der Hund.

Als es zum nächsten Mal donnert und blitzt, sind wir schon im Hof angekommen, und Max' Frau kommt mit erschrockenem Gesicht aus dem Haus gelaufen.

„Gut, dass du da bist", meint ihr Mann. „So kann ich nämlich Meisje versorgen."

Er fasst meine Zügel ein bisschen fester und sagt freundlich zu mir: „Komm, du arme, kleine Maus, es geht nach Hause."

„‚Arme, kleine Maus' ist gut", grollt die Lady mit erstaunlicher Energie. „Seit ich das Biest gekauft habe, hat es mir immer nur Ärger gemacht. Jetzt hab ich mich das erste Mal auf Meisje draufgesetzt, und prompt hat sie mich abgeworfen. Also, ich hab keine Lust mehr. Sobald es mir wieder besser geht, wird der Gaul verkauft. Dann kriege ich einen Warmblüter. Mit denen hab ich nämlich weitaus bessere Erfahrungen gemacht."

Max bleibt abrupt stehen und schaut sich mit gerunzelter Stirn nach ihr um.

„Wetten, mit einem Warmblüter kriegst du genauso große Probleme?", knurrt er leise. „Und glaub bloß nicht, dass ich dir bei deinem haarsträubenden Blödsinn weiter zusehe. Wenn du dir wirklich ein neues Pferd kaufst, kannst du dir auch einen neuen Stall suchen, denn meine Geduld ist zu Ende. Basta!"

Während er weitergeht, schaut er Pollux liebevoll an. „Überhaupt: Dich einen Köter zu nennen ... also, das ist ja wohl eine bodenlose Frechheit!"

Voller Hingabe sieht Pollux zu ihm auf, und dabei wedelt er leicht mit dem Schwanz.

Als wir meinen Paddock erreicht haben, wendet mein Hundefreund sich mir zu. „Dass die Lady dich verkaufen will, ist gar nicht gut. Wer weiß schon, was für ein merkwürdiger Zweibeiner dir dann auf den Pelz rückt? Wir müssen jetzt ganz schnell einen Weg finden, um Irina und Manfred Eisenbacher zusammenzubringen, sonst …"

Mit hängendem Kopf und Schwanz trottet er vor mir in meinen Stall.

In den nächsten Tagen lässt sich die Lady nicht bei mir blicken. Dabei hat sie doch nur eine leichte Gehirnerschütterung, und ihr Handgelenk ist auch nicht gebrochen, wie ich einem Gespräch zwischen Max und seiner Frau entnehme.

Aber Irina und Marie bringen mir weiterhin jeden Tag etwas Leckeres mit. Manchmal holen sie mich sogar aus meinem Paddock und putzen mich. Dabei sieht sich Irina nicht mal vorsichtig nach allen Seiten um, weil sie offenbar nicht mehr damit rechnet, dass meine Besitzerin aufkreuzt.

Auch als sie am Samstagmorgen auf dem Mühlwinklhof erscheint, bekomme ich eine Möhre von ihr. „Max hat mich gebeten, dich mit warmem Wasser und Seife abzuwaschen und dich überhaupt richtig schön zu machen", erklärt sie mir, während ich fresse. „Eigentlich will die Lady ja, dass er das selbst tut. Aber er und Rosi wollen ihren Eddie für den großen Pferdeumritt morgen in Tittmoning zurechtmachen. Und ich greife ihnen gerne unter die Arme, schließlich haben sie mir einen Teil der Stallmiete erlassen."

Sie legt mir ein neues, rotes Halfter an und macht einen genauso gefärbten Strick daran fest. Dabei wirft sie ihrer Mina, die dösend nebenan in der Sonne steht, einen liebevollen Blick zu. „Danach bist du dran, versprochen! Ich will doch, dass auch du morgen auf dem Georgiritt schön aussiehst."

„Das will ich aber auch meinen", brummt Minchen.

Irina führt mich zum Putzplatz und bindet mich dort fest. „Gleich werden ein paar Leute hier vorbeischauen, die dich vielleicht kaufen wollen. Hoffentlich ist bloß nicht wieder so eine Zicke dabei!" Sie bückt sich nach dem Striegel und beginnt mein Fell zu schrubben.

Fast zwei Stunden lang macht sie mich fein, ja, sie verliest sogar meinen frisch gewaschenen Schweif, fettet meine ausgekratzten Hufe ein und verteilt ein bisschen Glanzspray auf meinem Körper.

Als sie fertig ist und meine Putzsachen in die Sattelkammer räumt, kommt Streif um die Ecke. „Hallo", begrüßt er mich, lässt sich an der Stallmauer nieder und leckt sich den Bauch.

Da fährt das Auto der Lady auf den Hof, gefolgt von einem silbernen Cabrio mit offenem Verdeck, in dem eine junge blonde und eine etwas ältere rothaarige Frau sitzen. Schon von Weitem werfen sie mir neugierige Blicke zu.

„Ich schätze, eine von denen interessiert sich für dich", vermutet der Kater und hört mit seiner Fellpflege auf.

Als Irina aus der Sattelkammer kommt, nickt sie den drei Damen kurz zu. „Ich drücke dir den Daumen, Meisje", flüstert sie mir zu, dann geht sie über den Hof, holt Minchen aus dem Stall, bindet sie in ein paar Metern Abstand zu mir fest und beginnt sie zu striegeln. Dabei schaut sie immer wieder unauffällig zu der Lady und den zwei unbekannten Zweibeinerinnen hinüber, die sich in ein paar Schritten Abstand zu mir hingestellt haben.

„Viel Glück!", grummelt Mina.

Während mich die beiden Fremden interessiert mustern, öffnet sich die Türe des Wohnhauses und Pollux trabt heraus, gefolgt von Max, der allen freundlich einen guten Tag wünscht und in der Scheune verschwindet.

Können die Zweibeinerinnen nicht endlich aufhören, mich zu mustern?, denke ich nervös.

Mir ist völlig klar, dass die nächsten Minuten über mein Leben entscheiden werden. Und über das meines Fohlens ...

Als Max mit Eddies prächtigstem Fahrgeschirr, einer Dose Lederfett und einem Lappen zurück auf den Hof kommt, hat sich meine Besitzerin auf einer Bank niedergelassen. Doch die Frauen beäugen mich immer noch mit Argusaugen.

Er setzt sich in einiger Entfernung auf einen Hocker und fängt mit dem Einfetten an. Pollux dagegen hockt sich neben Streif an die Mauer.

Da murmelt die Blonde: „Die Stute sieht wirklich sehr gut aus." Sie sagt das so leise, dass die Lady sie nicht verstehen kann.

„Stimmt schon", wispert die Rothaarige. „Sie hat nicht den kleinsten Gebäudefehler. Angeblich soll sie ja auch ins Hauptstutbuch eingetragen sein."

„Na klar, bei dem Preis", brummt ihre Freundin. „Aber zum Züchten will ich sie ja gar nicht haben."

Mir läuft es eiskalt über den Rücken, und Pollux hebt alarmiert den Kopf.

Die Blonde wendet sich an die Lady. „Was kann sie denn so?"

„Sie hat die Grundausbildung und beherrscht die Seitengänge", antwortet die in einem so selbstsicheren Ton, als hätte sie mich wochenlang jeden Tag geritten.

Die Rothaarige zieht die Augenbrauen hoch. „Und wie ist es mit Pi und Pa?"

Verdutzt spitze ich die Ohren. Piaffe und Passage sind doch schwere Lektionen. Die Pferde in Günthers Stall beherrschen sie erst nach langem, intensivem Training. Und ich soll sie schon nach ein paar Monaten gelernt haben? Wie stellt die Frau sich das denn vor?

Max rutscht das Fahrgeschirr von den Knien. Klirrend fällt es zu Boden.

Meine Besitzerin zuckt die Achseln. „Sie ist noch nicht ganz fünf Jahre alt, und ihr Besitzer hat erst im letzten Sommer mit ihrer Ausbildung angefangen."

„Da ist es für Piaffe und Passage ja wohl zu früh, hm?", brummt Max.

Die Rothaarige dreht sich mit einem sprechenden Gesichtsausdruck zu ihm um, der eindeutig sagen soll: „Was erlauben Sie sich? Und warum mischen Sie sich überhaupt ein?"

Dann wendet sie sich wieder der Lady zu. „Sie glauben ja gar nicht, was mit ein bisschen Konsequenz alles möglich ist."

Lächelnd fügt die Blonde hinzu: „Frau Walderer wird mir dabei helfen, mein Pferd weiter auszubilden."

Streif hat mit geschlossenen Augen an der Mauer gelegen, doch jetzt steht er auf und geht auf leisen Pfoten davon.

Irina bückt sich nach dem Hufkratzer, dann erklärt sie laut und deutlich: „Wenn Ihre sogenannte Ausbilderin mit ‚Konsequenz' jede Menge Druck und Zwang, Sporen und Peitsche meint, kriegt sie vielleicht wirklich irgendwas hin, das ein ahnungsloser Laie mit guten Piaffen und Passagen verwechseln würde."

Die Rothaarige schnaubt verächtlich und dreht ihr den Rücken zu.

Ich spüre, wie mir der Schweiß aus den Poren tritt. Nein! Ich will nicht schon wieder einer gefühllosen Zicke gehören!

Inzwischen ist mein Katzenfreund zu dem Cabrio geschlichen. Er bleibt stehen und wirft den versammelten Zweibeinern einen vorsichtigen Blick zu.

Die beiden Frauen stecken flüsternd ihre Köpfe zusammen, während die Lady sie angespannt beobachtet. Max fettet immer noch das Zuggeschirr ein, und Irina kratzt ihrem Minchen den rechten Hinterhuf aus.

Nachdenklich betrachtet Streif den schicken Wagen. Dann springt er hinein, hebt sein Hinterbein, pinkelt auf den Rücksitz, hüpft blitzschnell wieder hinaus … und schreitet lässig davon.

Pollux macht große Augen. Und Irina hat den Kater offenbar doch beobachtet, denn sie sieht ihm mit einem breiten Grinsen nach.

Da erklärt die Rothaarige laut: „Weiter zu verhandeln macht absolut keinen Sinn."

Ihre zukünftige Schülerin nickt.

„Trotzdem vielen Dank, dass Sie sich die Zeit genommen haben", sagt sie zu der Lady. „Aber wir suchen ein Pferd, mit dem ich in die Klassische Dressur einsteigen kann, ohne es lange ausbilden zu müssen. Dafür ist Ihre Meisje eindeutig nicht weit genug."

Ich bin so abgrundtief erleichtert, dass ich den Kopf senke und laut schnaube.

Die beiden schütteln der Lady kurz die Hand, Irina und Max nicken sie nur kurz zu. Dann gehen sie zu ihrem Auto.

„Noch drei Atemzüge", zählt Pollux, der aufgestanden ist und in freudiger Erwartung von einer Vorderpfote auf die andere trippelt. „Noch zwei … einer …"

„Puh, hier stinkt's aber", beklagt sich die Blonde und wedelt mit ihrer Hand vor der Nase herum.

„Tja, wir sind halt beim Bauern", kommentiert ihre sogenannte Reitlehrerin. „Na los, machen wir, dass wir wegkommen."

Eilig steigen sie in ihr Cabrio und brausen davon.

„Aber das Beste nehmen sie mit, hurra!", frohlockt mein Hundefreund laut bellend.

Streif dagegen kommt mit hängendem Schwanz zu uns zurück. „Mensch, Meisje", maunzt er verärgert. „Dass ich mich zu so einer Schweinerei habe hinreißen lassen … Also, das hab ich wirklich nur gemacht, weil ich die beiden arroganten Weiber so abgrundtief schrecklich fand."

„Nun mach mal nicht so 'nen Wind, Kumpel! Du warst super", lobt ihn Pollux und leckt ihm überschwänglich über den Rücken.

Wütend faucht ihn der Kater an und ergreift die Flucht.

Weil Minchen und ich heute unbedingt sauber bleiben sollen, dürfen wir ausnahmsweise nicht auf die Weide. Darum möchte ich den Tag eigentlich verdösen, doch mein Entsetzen über die beiden fremden Zweibeinerinnen ist so groß, dass ich nicht zur Ruhe kommen kann. Und heute Abend soll doch noch mal jemand hier aufkreuzen, um mich in Augenschein zu nehmen und vielleicht zu kaufen.

Mina dagegen steht mit geschlossenen Augen in der warmen Frühlingssonne und lässt ihr frisch gewaschenes Fell trocknen. Weil ich nicht aufhöre, nervös hin und her zu laufen, hebt sie aber doch nach einiger Zeit den Kopf und fragt: „Kann ich dir vielleicht irgendwie helfen?"

„Ich hab solche Angst", gestehe ich kleinlaut. „Gleich wollen mich doch noch mal Leute anschauen. Was ist, wenn die auch so ... so furchtbar sind wie die Lady oder wie die beiden Frauen heute Morgen?"

Traurig sieht sie mich an. „Ich kann dich ja so gut verstehen. Weißt du: Als ich noch jünger war, hab ich geglaubt, dass alle Menschen so freundlich und liebevoll zu uns Tieren wären wie Irina und ihre Eltern. Ich kannte es halt nicht anders. Aber als ich auf den Mühlwinklhof umgezogen war, wurde mir schnell klar, dass ich mich gründlich geirrt hatte. Na gut, Max gibt sich wirklich alle Mühe. Trotzdem geht es hier vielen Pferden schlecht. Denn manche Besitzer sind wie die Lady: Sie haben viel Geld für ihr Pferd ausgegeben, darum wollen sie, dass das arme Tier ihnen den größtmöglichen Spaß bringt oder dass es mit ihnen so viele Turniere wie möglich gewinnt. Ich glaube, die denken, wir wären so ähnlich wie ihr Auto oder wie das Handy, auf dem sie ständig herumspielen."

Mein Herz krampft sich zusammen.

Aber Mina fährt fort: „Andere haben ihr Pferd wirklich gern, manche vergöttern es sogar regelrecht. Aber sie verstehen uns einfach nicht. Die meisten haben zwar irgendwie reiten gelernt, trotzdem haben sie nicht die geringste Ahnung von uns Pferden. Zum Beispiel hab ich einen Mann erlebt, der nur einmal in der Woche hier aufgekreuzt ist. Dann hat er mit seinem Wallach lange Ausritte über mindestens drei Stunden gemacht, obwohl er ihn doch gar nicht dafür trainiert hatte. Hinterher war das arme Pferd immer völlig fertig, und in den nächsten Tagen hatte es schlimmen Muskelkater. Aber kaum hatte es sich erholt, kam sein Besitzer schon wieder, und alles ging von vorne los. Dann war da noch eine Frau, die ihrer Stute eine dicke Winterdecke angezogen hat, weil es halt Herbst war. Dabei war es oft noch richtig warm; einmal hatte es sogar Anfang November noch achtzehn Grad. "

Wütend stampfe ich mit dem Vorderhuf auf. „Ich möchte so eine Zweibeinerin mal sehen, wenn sie bei solchen Temperaturen einen Wintermantel tragen muss und ihn nicht ausziehen kann."

Mina schnaubt verächtlich. „Dazu hätte man sie wirklich mal zwingen müssen. Max hat natürlich versucht, ihr ins Gewissen zu reden, aber es hat nichts genutzt. Die Frau wollte nämlich aus unerfindlichen Gründen, dass ihrem Pferd weniger Winterfell wächst. Und sie glaubte, dass genau das passieren würde, wenn es im Herbst eine dicke Decke trug."

Sie schüttelt sich, als wolle sie eine lästige Fliege loswerden. „Ihre merkwürdige Aktion hat dazu geführt, dass ihre Stute auf der Weide einen Kreislaufkollaps gekriegt hat. Da war die Aufregung natürlich groß."

„Du meine Güte!", stöhne ich.

Sie schüttelt sich. „Manche Menschen benehmen sich, als hätten sie kein Hirn im Kopf."

Bedrückt bleibe ich stehen und lasse den Kopf hängen, denn meine Angst ist noch größer geworden.

„In deinen Augen sind die meisten Zweibeiner nicht viel wert, oder?", hake ich nach.

Nachdenklich spielt sie mit den Ohren. „Sagen wir's mal so: Ich musste neunzehn Jahre alt werden, bis ich kapiert habe, wie viel Glück ich hatte. Aber vielleicht besucht dich nachher ja so jemand wie Irina oder Max und ..." Sie unterbricht sich und spitzt die Ohren.

Jetzt höre ich es auch, das wohlbekannte Brummen des Wagens der Lady. Und da ist noch das Geräusch eines anderen Motors.

„Sie kommen", stellt Mina fest.

Angespannt schlage ich mit dem Schweif, dann laufe ich weiter hin und her.

Wenige Atemzüge später fahren sie auf den Hof: der Geländewagen der Lady, gefolgt von einem eher kleinen dunkelblauen Auto. Das hat kaum angehalten, als auch schon seine Beifahrertür aufgeht und ein Mädchen herausspringt. Es sieht sich um und ruft: „Oooh, so viele Pferde! Wo ist denn Meisje?"

Die Lady tritt neben sie und zeigt auf mich. „Da drüben."

Sofort rennt die Kleine los.

„Warte, Lina!", ruft eine Frau mittleren Alters, die gerade auf der Fahrerseite des Autos aussteigt.

Aber da ist das Mädchen schon bei mir angekommen. Mit großen Augen sieht es mich an und murmelt: „Du bist aber schön!"

Mit gespitzten Ohren gehe ich auf Lina zu und beschnuppere sie neugierig.

Hmm, sie riecht aber angenehm! Ganz frisch nach Gras und Blumen, fast so, als hätte sie eben noch draußen gespielt.

Jetzt ist die fremde Frau bei ihr. Die Lady kommt hinter ihr her. Mit steif durchgedrücktem Rücken und betont entschlossenen Schritten geht sie an den beiden vorbei in meinen Paddock, fasst mich am Halfter und klinkt den neuen, roten Strick ein. „Mach jetzt bloß keinen Blödsinn, sonst setzt's was, sobald die beiden weg sind!", flüstert sie mir ganz leise zu.

Keine Angst, ich werde mich bestimmt benehmen. Aber nur weil ich das Mädchen so nett finde, denke ich und drehe den Kopf weg, weil mir mal wieder ihr Parfüm-Gestank in die Nüstern steigt.

Dann stehe ich mit erhobenem Kopf auf dem Hof, während die sinkende Sonne auf meinem Fell spielt und ein leichter Wind meine Mähne kräuselt.

Linas Augen strahlen.

Ist es Zufall, dass Max gerade jetzt aus dem Haus kommt? Er leert eine Schüssel voller Kartoffelschalen in der Biotonne aus, sammelt die Teile des eingefetteten Fahrgeschirrs ein und hockt sich auf eine Bank, um sie wieder zusammenzusetzen.

Da kommt Pollux aus der Futterkammer. Er sieht seinen Herrn und wedelt kurz mit dem Schwanz, dann trabt er zu uns herüber und lässt sich auf seine Hinterbeine nieder.

„Gefällt sie dir?", fragt die ältere Frau.

„Sie ist wunderschön", schwärmt das Mädchen.

Mein Herz schlägt ein bisschen schneller. Ob sie mich kaufen wird? Sie war mir sofort sympathisch. Bestimmt werde ich es gut bei ihr haben und mein Fohlen auch.

„Komm ruhig näher. Meisje ist gaaanz lieb", behauptet die Lady.

Langsam tritt das Kind an mich heran. Dabei schaut es mich an, als hätte es Angst, dass ich mich gleich in Luft auflösen könnte.

Ich strecke ihr den Kopf entgegen, und ihre schmalen Finger streicheln sanft über meine Nüstern.

„Möchtest du sie haben?" Die ältere Frau klingt beinahe entzückt.

Lina nickt langsam, ohne ihre Augen von mir zu nehmen.

„Hui, das geht aber schnell", wundert sich Pollux.

Da klingelt das Handy der Lady, sie zieht es aus der Tasche, schaut kurz aufs Display und drückt den Einschaltknopf. „Ja, hallo, Hohenstein", meldet sie sich. „Moment bitte ..."

Sie dreht sich zu Max um und ruft ihm zu: „Würden Sie kurz die Meisje festhalten? Ich hab gerade einen wichtigen Anruf bekommen."

Sofort steht er auf, kommt zu uns herüber und nimmt sich meinen Strick.

Die Lady entschuldigt sich und geht ein Stück weg, damit sie in Ruhe reden kann.

Mit gerunzelter Stirn sieht Max ihr nach, dann fragt er Lina: „Du magst die Meisje gern, nicht wahr?"

„Oooh ja!", stößt sie hervor.

Er nickt. „Dann würde ich sie nicht kaufen, an deiner Stelle."

Ich stoße ein erschrockenes Prusten aus. Was redet er denn da?

„Er hat absolut recht", ertönt Streifs Stimme hinter mir. Er muss wieder mal so leise herangeschlichen sein, dass ich ihn nicht gehört habe.

„Aber ... warum denn?" Die Augen des kleinen Mädchens füllen sich mit Tränen.

„Was soll denn das?", mischt sich die ältere Dame empört ein.

Er sieht sie ernst an. „Sie sind ihre Tante, nicht wahr?"

„Ihre Patentante, um genau zu sein", erklärt sie brüsk.

„Wie alt ist Ihre Nichte?", will er wissen.

„Ich bin neun", antwortet Lina mit zittriger Stimme.

„Kannst du denn reiten? Und kennt sich sonst jemand in deiner Familie mit Pferden aus?", hakt er nach.

Sie reckt sich stolz. „Bei uns verstehe ich am meisten von Pferden. Im letzten Sommer hab ich nämlich drei Wochen lang Reiterferien gemacht, und meine Reitlehrerin hat gesagt, dass ich richtig gut war."

Max seufzt. „So was hab ich mir schon gedacht."

„Ich frage Sie noch einmal: Was soll das?" Jetzt klingt die Tante richtig zornig.

Das möchte ich auch wissen! Vorwurfsvoll stoße ich Max mit den Nüstern an.

Abwesend streichelt er mir über die Nüstern und wendet sich der erbosten Frau zu. „Ganz einfach: Ihre Nichte ist noch viel zu jung, um sich alleine um ein Pferd kümmern zu können. Erst recht um eine Stute wie Meisje, die erst knapp fünf Jahre alt ist. Reiten kann die Lina auch noch kein bisschen, darum ..."

„Sie sagte doch gerade, dass sie drei Wochen lang Reiterferien gemacht hat", unterbricht ihn die Frau.

Er atmet tief durch. „Das reicht hinten und vorne nicht! Reiten ist ein sehr schwieriger Sport, für den man viel lernen und lange üben muss. Wenn man zwei oder drei Jahre lang kontinuierlich Unterricht genommen hat, weiß man gerade mal ansatzweise, um was es wirklich geht."

Zornig stampft das Mädchen mit dem Fuß auf. „Ich will aber nicht drei Jahre warten, bis ich ein eigenes Pferd bekomme!"

„Sie wird ja auch Reitunterricht nehmen", beschwichtigt die Tante. „Aber mit einem eigenen Pferd."

„Wenn Sie das denn unbedingt wollen", lenkt er ein. „Doch dann sollten Sie der Lina wenigstens ein älteres, sehr erfahrenes Pferd kaufen. Meisje ist doch selbst noch ein halbes Kind, sie braucht jede Menge Führung und Erziehung. Mit einer Neunjährigen, die nicht mal reiten kann, wird das nicht gut gehen. Darauf gebe ich Ihnen mein Wort."

„Ich will aber die Meisje haben!", beteuert das Mädchen aufgeregt.

Unsicher schaut die ältere Dame von ihr zu Max.

Jetzt laufen Lina endgültig die Tränen über die Wangen. „Du hast mir doch versprochen, dass ich mir mein Pferd selbst aussuchen darf", schluchzt sie.

„Wie ein Sweatshirt in einem Kleiderkatalog", ätzt Pollux.

„Na komm! Es ist doch kein Wunder, dass sie traurig ist", protestiere ich. „Und sie ist wirklich nett. Bei ihr werde ich mir alle Mühe geben und ganz brav sein."

„Das hattest du dir bei der Lady auch vorgenommen", erinnert mich Streif.

„Da war mir noch nicht klar, wie gemein sie ist", wende ich ein. Gleichzeitig beobachte ich mitleidig die kleine Lina, die einfach nicht aufhören kann zu weinen.

„Okay", brummt mein Hundekumpel. „Das ist wirklich ein sympathisches Mädchen. Aber es ist viel zu jung!"

„Der Kleinen ist mit Sicherheit nicht klar, wie viel Verantwortung sie übernimmt und wie viel Arbeit es macht, sich um dich zu kümmern", fügt der Kater hinzu.

Ich habe Streif nur halb zugehört, denn Pollux sieht plötzlich so merkwürdig aus. Ein grauer Schleier scheint sich über seine Augen gelegt zu haben, und jetzt fängt er auch noch an zu hecheln. Überhaupt wirkt er total verstört.

„Er ist als junger Hund zu einer Familie mit zwei Kindern gekommen", erklärt Streif leise. „Die beiden hatten sich sehnlichst einen Hund gewünscht. Na gut, am Anfang war er tatsächlich ihr großer Liebling. Jeden Tag haben sie lange Spaziergänge mit ihm gemacht und ganz viel mit ihm gespielt. Und am Abend hätten sie ihn am liebsten mit ins Bett genommen. Doch dann …"

Er wirft seinem Hundefreund einen mitleidigen Blick zu. „Nach ein paar Wochen hatten sie keine Lust mehr, sich um ihn zu kümmern. Die gemeinsamen Ausflüge wurden kürzer, dann immer seltener. Schließlich hörten sie ganz auf. Eigentlich war das kein Wunder, denn die beiden waren erst sieben und acht Jahre alt. Aber die Eltern waren schlicht und ergreifend zu faul für Spaziergänge. Sie ließen Pollux nur noch kurz in ihren Garten, wenn er sein Geschäft erledigen musste. Ansonsten war er den ganzen Tag in der Wohnung eingesperrt."

„Das ist doch kein Leben für einen Hund", stelle ich fest.

„Natürlich nicht", stimmt er mir zu. „Und Pollux war damals noch so jung."

Mir wird heiß und kalt zugleich. Was ist, wenn es mir mit Lina genauso ergeht? Die Vorstellung, Tag um Tag vernachlässigt irgendwo herumstehen zu müssen, ohne dass jemand nachschaut, ob es mir gut geht, ist furchtbar. Wer weiß, vielleicht kommt dann nicht mal ein Hufschmied oder der Tierarzt. Könnte es nicht sogar sein, dass ich Tag und Nacht in einer engen Box eingesperrt bin, niemals frische Luft zum Atmen habe, nicht mehr die Sonne auf meinem Fell spüre, nie wieder herumtoben darf? Was würde das erst für mein armes Fohlen bedeuten?

Doch der Kater erzählt weiter: „Vor lauter Langeweile hat Pollux irgendwann die Möbel beknabbert und Kissen zerfetzt. Er war so unglücklich, dass er sogar in die Wohnung gepieselt hat. Tja, und eines Tages hat ihn der Vater an einem heißen Sommertag ins Auto verfrachtet und ihn einfach im Wald ausgesetzt, weit weg von zu Hause."

Ich werfe der kleinen Lina einen ratlosen Blick zu. Sie hat endlich aufgehört zu weinen, und ihre Tante wischt ihr mit einem Taschentuch das tränenüberströmte Gesicht ab.

„So einem kleinen Menschen darf man eigentlich keine Vorwürfe machen", sage ich. „Das wäre doch genauso, als würde man ein Fohlen dafür bestrafen, dass es noch keine Kutsche ziehen kann."

„Na klar", pflichtet mir Pollux bei, der sich inzwischen wieder halbwegs gefangen hat. „Den Eltern hätte klar sein müssen, dass sie die Verantwortung für mich tragen und dass die Arbeit früher oder später an ihnen hängen bleiben wird."

„Bei Lina liegen die Dinge aber ein bisschen anders", gibt Streif zu bedenken. „Mit einem so lieben Hund wie Pollux kann schließlich jeder spazieren gehen, der zwei gesunde Beine hat. Mit euch Pferden dagegen muss man sich sehr gut auskennen. Aber in Linas Familie hat niemand auch nur einen Hauch Ahnung vom Reiten."

Darüber kann ich nicht mehr nachdenken, denn gerade beobachte ich aus den Augenwinkeln, dass die Lady ihr Handy in die Tasche steckt und zu uns zurückkommt. Sie sieht die immer noch leise schniefende Lina und ihre leicht verstört wirkende Tante und hat sofort kapiert. Mit ein paar schnellen Schritten ist sie bei mir und nimmt Max den Strick aus der Hand.

„Wir sprechen uns noch!", zischt sie und wirft ihm einen tödlichen Blick zu. Dann beugt sie sich über das Mädchen und fragt: „Was ist denn, mein Schatz?"

Linas Tante schaut auf. „Nichts, gar nichts, wirklich. Ich ... ich hab mich nur für einen Moment verunsichern lassen. Aber jetzt weiß ich, was ich tun werde: Ich habe der Lina ein Pferd versprochen und dass sie es sich selbst aussuchen darf. Dieses Versprechen werde ich halten."

Entschlossen sieht sie ihre Nichte an. „Lina, bald kommen wir wieder, um die Meisje für dich zu kaufen."

„Jaaa!!!" Jubelnd fällt ihr das Mädchen um den Hals.

Obwohl mir die Lady den Rücken zudreht, erkenne ich, dass sie aufatmet. „In Ordnung. Allerdings bin ich nächste Woche leider auf einer Dienstreise. Ich werde erst am Freitagabend zurückkommen. Aber am Samstag können wir alles klar machen. Ich werde dann gleich den Kaufvertrag mitbringen, okay?

„Abgemacht", erklärt die Tante.

„Ohjeohje! Wenn wir das verhindern wollen, haben wir nur eine Woche Zeit." Streif klingt total entsetzt. Er steht auf und wirft Pollux einen traurigen Blick zu. „Ich fürchte, das ist deine Aufgabe, Kumpel. Ich bin nämlich mit meinem Latein am Ende." Und er trabt geduckt davon.

Verdutzt sieht mein Hundekumpel ihm nach. „Ach du lieber Himmel", seufzt er. „Wenn das eine Katze sagt ..."

10

DRAMATISCHE EREIGNISSE

Die folgende Nacht ist schrecklich. Zuerst kann ich vor lauter Angst nicht einschlafen. Dann habe ich Albträume, in denen ich ganz allein und ohne Wasser auf einer abgefressenen Weide stehe. Oder ich bin in einer engen, total verdreckten Box. Und dort, im nassen, stinkenden Mist, bringe ich mein Fohlen zur Welt.

Nur mit Mühe würge ich am nächsten Morgen mein Futter hinunter. Hinterher stehe ich mit hängendem Kopf in meinem Paddock und registriere kaum, wie liebevoll Irina und ihre Tochter nebenan ihre Mina zurechtmachen. Minchen wird geputzt, bis ihr Fell glänzt, dann bekommt sie bunte Plastikblumen in ihre lange weiße Mähne und in den Schweif geflochten. Ihre Augen leuchten vor Stolz, als sie mit der kleinen Marie auf ihrem Rücken auf dem Hof steht. Nun wirkt sie gar nicht mehr wie ein knochiges altes Pferd, sondern wie eine hübsche Stute in den besten Jahren.

Als ich sie so sehe, kriecht Eifersucht in mir hoch.

„Warum hat Mina in ihrem Leben so viel Glück, während mich die Zweibeiner nur traurig machen?", frage ich Streif, der gerade an meinem Paddock vorbeispaziert.

„Nun warte doch erst mal ab", versucht er mich zu beruhigen. „Noch ist nicht aller Tage Abend."

Verärgert schüttle ich den Kopf. Gestern hat er doch noch gesagt, dass er sich keinen Rat mehr weiß. Also wirklich: So kann sich nur eine Katze verhalten!

Den Rest des Vormittags verbringe ich in meiner Box. Eigentlich bin ich hundemüde, gleichzeitig aber viel zu aufgeregt zum Dösen.

Es wird später Nachmittag, bis Irina und Minchen von dem Pferdeumritt zurückkommen.

„Das war schön!", wiehert mir Mina zu. „Jede Menge Leute standen am Straßenrand, um uns zu bewundern. Und ich bin vielen netten Pferden begegnet, die ich schon seit Jahren regelmäßig bei dieser Pferdesegnung treffe. Sogar den Eddie hab ich endlich mal wiedergesehen. Gut geht's ihm, aber er vermisst uns. Ich soll dich ganz lieb von ihm grüßen."

Ja, der Eddie. Ich darf gar nicht an ihn denken, denn er fehlt mir so sehr. Und was meinen geliebten Mago Nero angeht … Wenn ich nur an ihn denke, bricht es mir fast das Herz!

Irina lacht. „He, Mina, nun hör endlich auf zu schreien, sonst platzen mir noch die Trommelfelle! In ein paar Minuten kommst du sowieso mit Meisje auf die Wiese."

Ach … grünes Gras, der gluckernde Bach, Wind, der durch meine Mähne streicht … Wer weiß, ob ich das noch lange erleben darf?

Da schaut Rosi aus dem Fenster. „Hallo, Marie! Ich hab einen Schokoladenkuchen gebacken. Magst du ein Stück?"

„Oh ja!", ruft das Mädchen und läuft auch gleich die Treppe hinauf zur Haustür.

„Das ist total nett von dir", bedankt sich Irina. „Sie hat nämlich eben schon wegen Hunger gequengelt."

„Das ist doch kein Wunder nach dem langen Tag", findet Max' Frau. „Dir knurrt bestimmt auch der Magen, oder? Weißt du was? Wenn du Meisje und dein Minchen auf die Wiese gebracht hast, kommt du auch herein. Mein Mann ist dann bestimmt auch fertig, und wir trinken alle zusammen Kaffee, okay?"

Wenig später ist es so weit: Irina holt mich aus dem Stall, führt mich zu Mina und bindet sie los.

Wie fröhlich Minchen ist! Und ich hab solche Angst, denke ich, während ich bedrückt neben ihr hertapse.

Als wir wenig später die Weide betreten, sehe ich, dass Herrn Eisenbachers rote Sardinenbüchse hinter uns über den Weg rollt. Irina schaut kurz auf, dann löst sie mit zwei schnellen Handgriffen unsere Stricke.

Da!

Bremsen quietschen, dann ein ohrenbetäubender Knall! Ich mache einen riesigen, erschrockenen großen Satz, dann erst erkenne ich, was passiert ist: Neben unserer Weide ist mit Karacho ein Auto gegen einen Baum gefahren.

Der rote Wagen hält an, Manfred Eisenbacher springt heraus – und wäre fast mit Irina zusammengestoßen, die an ihm vorbeirennt.

„Na los, wir müssen helfen!", ruft sie ihm zu.

„Ja klar", antwortet er, sprintet ebenfalls los und fragt sie im Laufen: „Haben Sie irgendwelche medizinischen Kenntnisse?"

„Ich bin Tierheilpraktikerin", schnauft sie.

„Prima", keucht er.

Sie hält kurz inne und wirft ihm einen verdutzten Blick zu, dann schließt sie wieder zu ihm auf.

„Sie rufen einen Krankenwagen, ja?", bittet er sie.

„Mach ich." Irina bleibt stehen und zieht ihr Handy aus der Tasche.

Während sie telefoniert, wird Herr Eisenbacher langsamer, weil er das qualmende Auto fast erreicht hat. Da macht es puff – aus der zerquetschten Front des Wracks schlagen plötzlich Flammen!

„Wer immer da drin ist, muss sofort raus!", ruft er und geht schneller.

„Vorsicht, das Ding könnte in die Luft fliegen!", warnt sie ihn.

„Keine Angst, so was passiert nur in Actionfilmen", antwortet er.

Als er den Wagen erreicht, ist der rußige Qualm schon so dicht, dass ich nur noch seine Umrisse erkennen kann. Ich glaube, er versucht die Fahrertür zu öffnen ...

„Scheiße! Das verdammte Ding geht nicht auf!", schimpft er, zerrt noch mal mit aller Kraft ... und taumelt rückwärts, weil die Türe doch noch auffliegt und mit Wucht gegen seinen Kopf knallt.

Irina ist mit dem Telefonieren fertig und spurtet zu ihm.

„Hoffentlich passiert ihr bloß nichts!", jammert Minchen neben mir.

„Oh je, Sie bluten, aber wie!", höre ich ihre Besitzerin rufen.

„Egal", behauptet er, dann muss er husten.

Unruhig scharre ich mit dem Vorderhuf. Wenn ich doch nur besser sehen könnte!

Unruhig schnaufend ziehe ich die rußige Luft ein, recke den Kopf und spitze die Ohren. Aber der Rauch wird mit jedem Atemzug dichter. Hören kann ich die beiden Zweibeiner auch nicht mehr, denn das Feuer macht einen Heidenkrach.

Da schält sich eine Gestalt aus dem Rauch. Herr Eisenbacher! Er trägt eine bewusstlose junge Frau auf den Armen. Langsam geht er durch das hohe Gras, dann legt er sie in einiger Entfernung von dem brennenden Wrack ins Gras.

Die arme Mina schlägt nervös mit dem Schweif. „Warum kommt Irina nicht?"

Das fragt sich Herr Eisenbacher wohl auch, denn er richtet sich wieder auf und geht ein paar Schritte in Richtung Auto. Jetzt erst wird mir so richtig bewusst, dass die linke Hälfte seines Gesichtes über und über voller Blut ist.

Nun ruft er erschrocken: „He, gehen Sie so schnell wie möglich von dem Feuer weg!"

„Nein! Der Hund muss da raus!", dringt Irinas Stimme leise durch den Qualm, der inzwischen tief schwarz und dicht wie eine Mauer ist.

„Was für ein Hund?", fragt er verwirrt. Doch da erklingt ein lautes, lang anhaltendes Fiepen.

„Du meine Güte!" Er will zu dem brennenden Auto laufen, doch vor der lärmenden Wand aus Rauch und Hitze muss er stehen bleiben.

„Bringen Sie sich in Sicherheit, um Himmels willen! Schnell!", ruft er und hält sich die Hand vors Gesicht.

Das Fiepen verstummt.

„Machen Sie, dass Sie da wegkommen! Sie bringen sich ja um!", schreit Herr Eisenbacher, dann kriegt er einen Hustenfall.

Er bekommt keine Antwort.

„Iriiiinaaa! Retteeee diiich!!!", wiehert Minchen in Panik.

„Frau Schwälble, Menschenskind!", brüllt er. „Wenn Sie noch bei Bewusstsein sind, dann sagen Sie doch bitte irgendwas!"

Aber es bleibt still.

„Nein, bitte nicht!", jammert Mina in abgrundtiefer Verzweiflung.

War da eine Bewegung im schwarzen Qualm?

Tatsächlich, da scheint sich etwas zu regen.

Bilde ich es mir nur ein, oder ist da wirklich eine Gestalt?

„Iriiinaaa!!!", schreit Minchen noch einmal.

Ja, sie ist es! Ihr Gesicht, ihre Kleider ... alles ist schwarz vom Ruß. Aber sie hält einen kleinen Hund im Arm. Ganz fest drückt sie ihn an sich.

„Dem Himmel sei Dank!", seufzt Mina.

Noch ein paar Schritte, dann bleibt Irina stehen.

Herr Eisenbacher läuft auf sie zu und nimmt ihr vorsichtig den Hund ab. Dabei mustert er sie von oben bis unten. „Sie haben ja

Brandverletzungen an den Händen und am rechten Arm", stellt er mit mühsam unterdrückter Aufregung fest.

„Das arme Kerlchen ist auch verletzt, an den Vorderpfoten und an der Schnauze", erklärt sie so leise, dass ich sie nur schwer verstehen kann. „Aber das ist alles nicht wirklich schlimm."

Dann muss sie heftig husten.

„Die Wunden müssen Ihnen doch wehtun", widerspricht er. „Und ... oha, Sie schwanken! Bestimmt haben Sie eine Rauchgasintoxikation."

Sie zuckt nur die Achseln, wankt ein paar Schritte weiter und lässt sich neben der verunglückten Frau auf einen Baumstumpf sinken.

Vorsichtig legt ihr Herr Eisenbacher den Hund in den Schoß. Dann hockt er sich neben die bewusstlose Frau, um sie zu untersuchen.

Ich spitze die Ohren, weil ich aus der Ferne das Heulen einer Sirene höre.

„Große Güte, was ist denn hier los?", ertönt Max' Stimme aus einiger Entfernung hinter uns.

Ich wende den Kopf und sehe, dass er auf uns zurennt. Mit großen Sprüngen läuft Pollux ihm voraus.

„Ein Autounfall", erklärt Herr Eisenbacher, ohne aufzublicken.

„In dem brennenden Wrack ist aber niemand mehr", fügt Irina mit müder Stimme hinzu.

„So ein Glück! Das habt ihr gut gemacht, ihr beiden", lobt sie Max.

Die Sirene gehört eindeutig zu dem Rettungswagen, denn sie wird schnell lauter.

Da regt sich die verunglückte Fahrerin endlich. Sie stößt ein lang gezogenes Stöhnen aus und bewegt sich ein bisschen.

Herr Eisenbacher beugt sich über sie. „Hallo! Können Sie mich verstehen?"

„Ja. Was ... wie ...", beginnt sie, dann reißt sie plötzlich den Kopf hoch. „Wo ist mein Murkel?"

„Hier bei uns. Es geht ihm ganz gut", beruhigt er sie. „Aber nur dank Frau Schwälble. Sie hat ihr Leben aufs Spiel gesetzt, um Ihren Hund zu retten."

„Übertreiben Sie nicht", widerspricht ihm Irina. Vorsichtig steht sie auf, sodass die Verunglückte den Hund in ihrem Armen sehen kann.

Abgrundtief erleichtert atmet die Frau auf. „Danke. Vielen, vielen Dank!"

„Haben Sie eine Ahnung, warum der Unfall passiert ist?", fragt sie Herr Eisenbacher.

Sie überlegt einen Moment, bevor sie antwortet: „Wissen Sie, mir war schon den ganzen Tag nicht gut. Und eben wurde mir beim Fahren plötzlich furchtbar schlecht." Erschöpft schließt sie die Augen.

„He, nicht wegdämmern!", ermahnt sie der Arzt und stupst sie an der Schulter an. „Können Sie denn Ihre Beine spüren?"

Sie sieht ihn wieder an und runzelt kurz die Stirn. Dann erklärt sie: „Ja, alles klar" und bewegt ein bisschen die Füße.

„Sehr gut", seufzt er.

Danach spricht er noch weiter, doch das kann ich nicht mehr verstehen, weil die Sirene immer lauter wird, bis sie regelrecht in meinen Ohren dröhnt. Ein Rettungswagen kommt angefahren, der Lärm hört auf, und das große Auto hält neben uns. Mehrere Leute steigen aus und kümmern sich um die Frau.

Herr Eisenbacher gibt ihnen ein paar Informationen. Danach steht er auf und sieht sich suchend nach Irina um.

Die hat den erschöpften Hund auf den Baumstumpf gelegt und ist zu uns an den Zaun gekommen. Jetzt streichelt sie ihre Mina, die fassungslos vor Glück die Nüstern an ihre Schulter drückt.

Herr Eisenbacher macht sich zu uns auf den Weg. Pollux, der bisher schwanzwedelnd seinen geretteten Artgenossen beschnüffelt hat, sieht auf und trabt hinter ihm her.

Nun haben die beiden uns erreicht, und der Arzt mustert Irina ausgiebig.

„Ahem ... Frau Schwälble, so eine Rauchgasvergiftung darf man nicht unterschätzen", beginnt er dann vorsichtig.

„Weiß ich", erklärt sie und lehnt ihr Gesicht an Minchens Kopf.

„Am besten fahren Sie mit den Rettungssanitätern ins Krankenhaus und lassen sich dort gründlich untersuchen", schlägt er vor. „Es ist möglich, dass man Sie wegen der Rauchgasvergiftung vorsichtshalber über Nacht zur Überwachung auf der Station behält."

Irina verzieht das Gesicht. „Was soll denn dann aus meiner kleinen Marie werden? Ich hab doch niemand, der auf sie aufpasst."

„Oh, das habe ich nicht bedacht", gesteht er und legt seine blutverkrustete Stirn in Falten. „Also, in Ihrem Zustand dürfen Sie auf gar keinen Fall Auto fahren. Sie sollten auch nicht mit Ihrer Tochter allein zu Hause bleiben. Manchmal treten die problematischen Folgen so einer Intoxikation nämlich zeitlich verzögert auf."

Sie grinst schief. „Machen Sie sich mal keine Sorgen. Ich schaff das schon."

Besorgt sieht er sie an. „Vielleicht. Vielleicht aber auch nicht. Ihre Lippen sind nämlich bläulich verfärbt, und das deutet auf einen starken Sauerstoffmangel hin. Sie gehören auf jeden Fall ins Krankenhaus."

Sie verdreht die Augen. „Erklären Sie mir mal, wie ich das machen soll!"

„Irgendwie muss das doch gehen", beteuert er. „Denken Sie ausnahmsweise mal zuerst an sich! Stellen Sie sich mal vor, Sie bekommen vor Ihrem Kind einen Erstickungsanfall, oder Sie werden ohnmächtig. Dann bricht die arme Kleine garantiert in Panik aus."

Irina sieht ihn mit einem Gesichtsausdruck an, der eindeutig sagen soll: „Nun malen Sie mal nicht den Teufel an die Wand!"

Doch er lässt nicht locker. „Nehmen Sie diese Situation bloß nicht auf die leichte Schulter! Sie könnten sich die Lunge verätzt haben oder ..."

Jetzt fängt sie an zu grinsen. „Wenn Sie sich wirklich so große Sorgen machen, können Sie gerne bei mir übernachten."

„Aber ja! Das ist die Lösung", ruft er aus. „Dann ist Ihre Tochter nicht allein, und ich kann auf Sie aufpassen. Genauso machen wir's. Das heißt ... äh ... wenn Sie nichts dagegen haben."

Verdutzt sieht sie ihn an, dann überlegt sie kurz und erklärt: „Meinetwegen. Wenn Sie sich unbedingt mein unbequemes Wohnzimmer-Sofa antun wollen ..."

„Abgemacht", erklärt er, und trotz seines blutverschmierten Gesichtes kann ich ihm seine Erleichterung ansehen. „Würden Sie hier bitte noch einen Moment warten? Ich schaue noch mal kurz nach der Verunglückten und kläre ab, was mit dem Hund passiert. Dann bringe ich Sie nach Hause."

„Den Hund können wir gerne mit zu mir nehmen", schlägt sie vor. „Irgendwer muss ja seine Verletzungen versorgen. Ihre Kopfverletzung könnte übrigens auch einen Verband brauchen."

Er hat sich schon in Bewegung gesetzt. Doch jetzt hält er noch einmal inne und dreht sich zu ihr um. „Ist Ihnen eigentlich klar, wie selbstlos Sie sind?"

„Sie übertreiben schon wieder", wehrt sie ab. „Solange ich keine Erstickungsanfälle oder sonst was Fürchterliches kriege, kann ich mich doch um andere kümmern, oder nicht?"

Ungläubig schüttelt er den Kopf. „Sie sind die tapferste Frau, der ich je begegnet bin."

Irina lächelt. „Dann hatten Sie es bis jetzt mit den falschen Frauen zu tun."

Nun sagt er nichts mehr. Aber er sieht sie immer noch an, und in seinem Blick liegt jede Menge Bewunderung.

„Jetzt oder nie!", hechelt es plötzlich hinter ihm, Pollux springt hinter einem Busch hervor und landet mit Schwung in seinem Rücken.

„He!", schreit er erschrocken, verliert das Gleichgewicht ... und landet direkt in Irinas Armen.

Sanft streicheln uns die warmen Strahlen der Frühlingssonne. Über uns kreist ein Raubvogel; leicht wie eine Feder segelt er auf dem leisen Wind, der mit den Gräsern und blühenden Blumen spielt. Weit entfernt singt eine Lerche.

„Wollen wir?", fragt mich Mago Nero.

Besorgt schaue ich mich nach unserem Stutfohlen Meike um, doch ich sehe: Sie ist hinter uns stehen geblieben und beschnuppert neugierig Kater Streif, der eben noch lauernd vor einem Mauseloch gesessen hat.

„Aber gerne", antworte ich.

Schon geht's los: Mit wehenden Mähnen galoppieren wir wie wild über die riesige Wiese; immer wieder machen wir wilde Freudensprünge oder treten übermütig nach hinten aus.

Es dauert einige Zeit, bis wir schnaufend im Schatten des großen Nussbaumes anhalten. Ein paarmal atmen wir tief durch, dann beginnen wir, uns zärtlich zu beknabbern.

„Hach, jung müsste man noch mal sein", seufzt Minchen, die mit Eddie auf der Weide nebenan steht.

Ich schaue zu Irina und Manfred hinüber, die dicht aneinandergekuschelt am Zaun stehen und uns zusehen. Vor ihnen hockt die kleine Marie im Gras und zaust Pollux' langes Fell.

Ja, ich bin immer noch auf dem Mühlwinklhof. Und ich gehöre jetzt wirklich Irina!

Das heißt: Eigentlich hat Manfred mich gekauft, an dem Abend, bevor Lina und ihre Tante wiederkommen wollten. Da hatte er gerade mitgekriegt, wer mich kaufen wollte, und er hat der müffelnden Lady kurzerhand ein Angebot gemacht, das sie nicht ablehnen konnte.

Seitdem putzt und reitet mich aber eigentlich nur Irina.

Ja, sie ist wirklich und wahrhaftig mit Manfred zusammen. Die beiden sind immer noch heillos ineinander verliebt, und sie verstehen sich prächtig. Das liegt bestimmt auch daran, dass Manfred die kleine Marie total gerne mag. Ich würde jede Wette eingehen, dass er sie in seinem Herzen längst adoptiert hat.

Und ich darf endlich mit meinem geliebten Mago Nero zusammen sein!

Als meine Besitzer gemerkt haben, dass ich tragend war, haben die beiden sich total gefreut. Bald darauf haben sie herausgefunden, dass unser Fohlen sogar Zuchtpapiere bekommen kann. Kreuzungen zwischen Andalusiern und Friesen sind nämlich eine eigene Rasse, die man Warlander nennt. Inzwischen ist meine kleine Meike sogar schon verkauft, denn ein bekannter Dressurreiter hat sich regelrecht in sie verguckt. Irina kennt ihn schon lange, und sie weiß, dass unser kleiner Schatz es bei ihm gut haben wird. Erst mal darf Meike aber noch einige Monate bei uns bleiben. Und ich bin mir sicher, dass ich schon wieder tragend bin …

Ja, mein Leben hat sich total zum Guten verändert. Ich bin so glücklich wie noch nie in meinem Leben.

Doch manchmal frage ich mich, wie es wohl den Pferden geht, die sich die müffelnde Lady und die kleine Lina oder die blonde Dame gekauft haben.

Dann werde ich sehr traurig.

Aber nach einer Weile sage ich mir: Zumindest uns dreien geht es gut: Mago Nero, unserer geliebten kleinen Meike und mir.

Das ist wenigstens ein Anfang.

ChiemgauerVerlagshaus

Ein Verbrechen in der Vergangenheit. Ein Mord in der Gegenwart. Hängen sie zusammen?

Seit Regina Dernkamp die Fraueninsel betreten hat, fühlt sie sich von einem unbekannten alten Mann verfolgt. Als er tot im Chiemsee treibt, munkeln die Inselbewohner, man hätte ihn umgebracht...
Was hat sein Tod mit den Träumen und Visionen zu tun, die Regina quälen? Können der Archäologe Tobias Hoffrichter oder der Arzt Philipp Menander ihr helfen, das Geheimnis der Fraueninsel zu lösen?
Ein mysteriöser Krimi, der Sie immer wieder in die Zeit der Gründung des Klosters Frauenwörth zurückversetzt. Wenn Sie ihn gelesen haben, werden Sie die Fraueninsel mit anderen Augen sehen!

Preis: 12,90 €, ISBN: 978-3-945292-49-5

Weitere Bücher von der Autorin

Regina Dernkamp kehrt ein Jahr nach ihrem Abenteuer auf der Fraueninsel an den Chiemsee zurück. Sie begleitet ihren Freund, den Archäologen Tobias Hofrichter, der auf der Herreninsel einen sagenumwobenen Geheimgang sucht. Doch kaum hat Regina die Insel betreten, wird sie wie damals von unheimlichen Visionen und Träumen heimgesucht, die sie in die Zeit König Ludwigs II. zurückversetzen. Ein mysteriöser Inselkrimi, der die Leser*innen immer wieder ins 19. Jahrhundert entführt, als das Neue Schloss Herrenchiemsee erbaut wurde. Wenn Sie dieses Buch gelesen haben, werden Sie den Märchenkönig mit anderen Augen sehen!

Preis: 12,90 €, ISBN: 978-3-945292-59-4

Bücher ganz bequem online bestellen

Bestellen Sie unsere Bücher ganz bequem im Onlineshop unter:
www.chiemgauerverlagshaus.de ISBN: 9783945292556

Lesestoff für Katzenfreunde

Der junge Django genießt sein Katerleben in vollen Zügen. Bis eines Tages Katzen in seinem Dorf spurlos verschwinden, darunter die schöne Kira aus der Nachbarschaft. Panik macht sich breit und ein Katzenrat wird einberufen, um die Vermissten zu retten. Doch bald verschwindet auch ein Ratsmitglied. Der Fall scheint zunehmend aussichtslos. Da zieht Yoda, ein eigenartiger Ragdoll-Kater, im Nebenhaus ein. Er bringt Schwung in die Spurensuche. Eine spannende Verfolgungsjagd nimmt ihren Lauf. Doch führen diese Spuren tatsächlich zu den Vermissten oder werden aus Jägern Gejagte? Das gesamte Geschehen ist aus der Sicht der Katzen erzählt. Ein tierisches Vergnügen für jeden Katzenliebhaber und alle Menschen, die gerne spannende Wohlfühlkrimis lesen!

Preis: 12,90 €, ISBN: 978-3-945292-60-0